Trucha panza arriba

SOPHOS
por el placer de leer

Trucha panza arriba

Rodrigo Fuentes

SOPHOS
por el placer de leer

Título original: *Trucha panza arriba*
© Rodrigo Fuentes, 2016
© de esta edición, SOPHOS, S.A.

Fotografía de portada: Sin título (1984), Francisco Tún.
(Cortesía de Stefan Benchoam)
Diseño de portada: Ana Lucía Porras

Sophos, S.A.
4a avenida 12-59 Zona 10
01010
Guatemala
sophos@sophosenlinea.com
www.sophosenlinea.com
ISBN: 978-9929-8127-8-9

Impreso en Guatemala por
Tinta y Papel, S.A., 8a. Calle 0-58, Zona 11,
Guatemala

Para la familia:
presente, pasada y futura

Trucha panza arriba

*E*sto de la familia es complicado, le respondí a Don Henrik. Acababa de preguntarme por Ermiña, que fue mi prima, luego mi enamorada y ahora es mi mujer. Es que es difícil encontrar una mujer como Ermiña en la montaña, le dije, arrea a mis patojas y hace un caldo de gallina para chuparse los dedos, pero aparte sabe cuándo enojarse y cuándo no. ¿Y eso?, preguntó Don Henrik. Pues si no alcanzo a tomar el café en la mañana, sabe que no hay enojo que valga. Todo lo demás vale. Pero sin café, luego de trabajar en la truchera todo el día, ¿cómo es que se va a enojar conmigo? Ya no le conté sobre los mimos de Ermiña en las noches de frío, ni la cara que tenía hace años, cuando la espié lavándose en el río, su cuerpo rechoncho y brillante de jabón. No se había sorprendido al verme salir de entre los matorrales, yo que me iba desnudando a trompicones, y se mantuvo quieta, con mueca burlona, mientras me acercaba trastabillando entre las piedras de la orilla.

Solo hembras tuvimos Ermiña y yo, le dije a Don Henrik, ni un solo varón. Intenté fijarme en mis pies, apretados entre las botas de hule que el mismo Don Henrik me regaló. Primero llegó Tatinca, le conté, luego Ileana, la tercera fue Ilopanga, y a la última le pusimos José, por Maria José. A José tratamos de inculcarle el gusto por el futbol, las otras tres se quedaban en casa con su mamá mientras José y yo salíamos al monte con la pelota. Yo se la pasaba y José me la rebotaba de vuelta, y así nos íbamos entre el monte y la maleza, tiqui taca, toma daca, hasta que uno de mis pases salió alto y José tuvo la bravura de matar el balón con la nariz. Ese fue nuestro último entrenamiento. Desde entonces no se desprende de su mamá, le dije a Don Henrik, pura garrapata el angelito.

Don Henrik chupó del cigarrito —todos los cigarros son cigarritos en sus manotas— y mirando la gran arboleda frente a su terreno me dijo que peores cosas se habían visto. Con eso quedamos tranquilos, o al menos eso entendí que había decidido Don Henrik. Me sirvió más ron en mi vaso de plástico, porque el de vidrio es solo para él, y ahí nos mantuvimos en la terraza de madera que entre Juancho y yo le construimos.

La espesura del trago me fue tirando de vuelta a mi primer encuentro con Don Henrik, y recordé esas horas largas que pasaba en la hamaca de la casa de mi tía —la mamá de Ermiña— pensando en qué hacer con los gastos de familia, dónde buscar trabajo o, ya de plano, cómo salir huyendo de ese lugar. El techo de lámina agarraba colores distintos dependiendo del ángulo en que se viera, y ahí me mantenía yo por tardes enteras, retorciendo el pescuezo para encontrarle el tono buscado. Un día Bartolo pasó por la vereda dando gritos de que había reunión, con esa voz de pato que se le mete a uno entre el oído. Para ahuyentarlo le grité que luego subía, me reacomodé en la hamaca, y ahí cometí mi primer error: Ermiña, que cocinaba en el otro cuarto, salió a ver qué pasaba. Afuera hablaron los dos en voz baja, y al poco tiempo la sentí acercarse (su silencio a veces me asusta) para asomar su cara sobre la hamaca y decirme que por favor acompañara a Bartolo. Ahí se quedó quieta hasta que me levanté.

En el salón comunal, al que todavía le falta el techo, Don Henrik había encajado una de las sillas de plástico sobre otra igual (solo así aguantan su peso). Sentados frente a él estaban Tito Colmenares, Bartolo, y Juancho. Juancho me miró feo desde que entré. Él también es primo mío y creo que por eso me tiene rencor. Ermiña me insinuó una vez que Juancho me consideraba un bueno para nada, y desde entonces nos medimos de reojo, nos maldecimos en silencio, pero lo cierto es que Ermiña parece más tranquila, como si Juancho le hubiera confirmado algunas sospechas con su veneno.

Esa tarde Don Henrik habló de su vida en el oriente, de las fincas de melón que había desarrollado, de otros proyectos *interesantes*, y ya se me empezaba a ir el pájaro cuando abrió una hielera que tenía entre sus pies y sacó un gran pescado por la cola.

¿Saben qué es esto?, preguntó alzándolo.

Nos removimos en nuestras sillas, viéndonos de reojo.

11

Es una trucha, dijo Don Henrik ignorando una mano levantada, de la familia arcoíris.

Le dio la vuelta al animal, como queriendo que el sol le sacara todos los colores escondidos, pero lo cierto es que seguía pareciendo un pescado cualquiera.

Esto que aquí ven va a traer el progreso a la montaña, dijo, y alzó la trucha más alto.

Ahí supe yo que Don Henrik estaba un poco loco, y me empezó a caer mejor.

Don Henrik había viajado por todo el mundo y en Noruega, nos dijo esa vez, había aprendido lo necesario sobre la crianza de truchas. Señalando hacia lo alto de la montaña, explicó en qué parte de su terreno irían los primeros tanques de cemento, de tres metros de diámetro, con ochocientas truchas cada uno, y detalló cómo se haría la filtración del agua, la conexión de tubería al manantial, la alimentación y el deshuesado del pescado.

Al terminar se levantó, todavía sosteniendo la trucha por la cola, y nos pidió que nos alineáramos frente a él. Volteamos a vernos, un poco confundidos. Está bien, dijo Don Henrik, resignado a que nadie se moviera. A mí se me quedó viendo largo rato, pero creo que es porque soy narizón y ese detalle siempre atrapa la atención de la gente. Luego continuó mirando al resto, uno por uno, y al final señaló, usando la mano con que aún agarraba a la trucha, a Juancho y a Bartolo. Eran los elegidos para empezar a trabajar en la truchera.

Si Bartolo no se hubiera roto la pierna al día siguiente, cuando una vaca preñada lo atacó a medio pastizal, en la misma hamaca de mi tía seguiría yo ahora. Pero la fortuna cambia, aunque uno se mantenga pobre.

El trabajo en la truchera ha sido duro, las noches frías aquí arriba, y luego de nivelar el terreno y construir los dos primeros tanques, Don Henrik se quedó sin dinero. Tuvo que regresar a la capital a conseguir más plata, y aquí nos dejó encargados a Juancho y a mí. Al menos tengo a mi familia acompañándome. A duras penas nos llega el jornal, y cada par de semanas viene Don Henrik a ver cómo avanza el proyecto, que no avanza aunque tampoco retrocede.

Hemos tenido unos cuantos problemas con Ermiña. Tengo que admitirlo: no todo es alegría en la truchera.

13

El primer problema es Juancho. Basta decir que tiene la misma nariz que yo (aunque no tan destacada), camina arrastrando los pies —seña de su mala conciencia— y a veces, cuando le hablo, se queda viéndome sin pestañear, con sus ojos de vaca, como si no terminara de entenderme. Esto me molesta, porque sé que es lelo pero tampoco imbécil. Le puedo estar contando sobre un tanque de truchas que se rajó, o describiendo el último partido de Las Parcelas, y la mirada de Juancho no varía. He pensado en darle pelea, emboscándolo en alguna vereda oscura, pero es más grande y más fuerte que yo, y una derrota contra él sería dolorosa.

El segundo problema con Juancho es que llegó aquí arriba huyendo de algo. Con todo y su pasmo no logra esconderlo. Ya nos conocemos la rutina: yo limpio los tanques y me encargo de la alimentación y el cuidado de las truchas. También le echo una mano a Ermiña en el huerto a la par de nuestra covacha, donde termina el claro de los tanques y empieza la selva. Juancho patrulla el terreno día y noche, hace los remiendos necesarios y revisa que la tubería funcione bien. Le gusta dar sus vueltas con el rifle que nos dejó Don Henrik, pero aparte carga una escuadra en el cinto. Una vez lo descubrí entre la selva, sentado en un tronco de roble caído. Miraba hacia lo alto de los árboles, donde a veces se aparece un quetzal, con la pistola en mano. No me sorprendería verlo soltarle un plomazo al pobre pajarraco. Ermiña me contó (vaya a saber uno cómo se entera de estas cosas) que unos hombres pasaron dejándole un mensaje en su champa allá abajo, antes de que se mudara aquí arriba. Le pedían dinero, pero era demasiado. Son sus parientes de por allá abajo, me dijo Ermiña, son líos de herencia. Yo creo que por eso buscó el trabajo con Don Henrik, para escaparse de ese lado de la montaña y acercarse más a la cima, aquí donde solo llega el camino enlodado.

Juancho entra en la selva cada día y desaparece en dirección al manantial, donde empieza la tubería. Ahí se queda escuchando el borboteo del agua, o haciendo quién sabe qué, y luego va bordeando los linderos del terreno hasta salir abajo, al lugar donde el desagüe de los tanques se junta con el río. Lo he seguido y puedo asegurar que el hombre lleva la tristeza a cuestas. A veces, desde los tanques, veo su cara brotando de entre la selva, mirando atento antes de mostrarse de cuerpo entero. Y en las noches, cuando apagamos las luces en nuestra covacha, echo un vistazo abajo, al cuarto de lámina donde él descansa, y veo el brillo a tientas de su candelita prendida. Su silencio terco ha empezado a asustar a mis niñas, pero la verdad es que a mí también me tiene azuzado. No quiero a mi familia cerca de un extorsionado, menos de uno que no paga lo que le piden.

Las truchas son animales delicados, y no aguantan vivir a más de trece grados de temperatura. Por eso es que Don Henrik llegó a comprar el terreno en lo más alto de la montaña, buscando el agua helada de manantial. Así como son delicadas también son salvajes. Comen carne, incluso la propia. *Las canibalitas* les dice mi Ermiña. Recuerdo las primeras semanas en la truchera, cuando me pasaba largos ratos viéndolas nadar a contrarreloj, todas juntas como una gran familia feliz. En una de esas una trucha se empezó a alejar del grupo, subiendo en círculos más cerrados hasta aletear cerca de la superficie. Ahí empezó a boquear. Panza arriba se puso, plateada se miraba girando sobre su eje. Entonces pasó algo extraño. Otra de las truchas subió a curiosear, olfateando a su compañera, y de un momento a otro el tanque entero se alborotó. El agua burbujeaba, hirviendo parecía, y la superficie se llenó del brillo metálico de navajas en pleito. Al minuto todo se había calmado. La gran

15

familia nadaba otra vez a contrarreloj. No quedaba rastro de la trucha panza arriba.

A Analí la conocí un día que bajé a la tienda de la aldea acompañado de José, poco después de empezar a trabajar en la truchera. Me dio el saco de cemento y el alambre sobre el mostrador, y luego de entregarme el vuelto le sonrió a mi niña.

Qué guapo, dijo, cómo se parece al papá.

No tuve corazón para decirle que era hembrita. Lo cierto es que, mal que mal, el piropo me había agradado.

Al día siguiente bajé otra vez sin José. El corazón me palpitaba en la vereda antes de llegar, y tuve que esconderme tras un árbol para ver si Analí estaba atendiendo. Preciosa se miraba con su vestidito detrás del mostrador, sonriendo por alguna gracia que miraba en su celular.

Me acerqué como quien no quiere la cosa, y al poco rato estaba mostrándole los chistes que tengo guardados yo en el mío: un discurso de Velorio, el video del borrachín que no suelta su biberón, y otro de un campesino chino que cabalga un gran cerdo como si fuera corcel. Qué linda es la risa de Analí, qué fácil se me alborota el corazón.

Aquí arriba en la truchera se oyen los gritos de pájaros, y desde lo alto de la sierra llegan rugidos de monos aulladores. Mi perro Balú, que cuida el terreno en las noches, se da riata con tepezcuintles cada tres días. Hasta una serpiente coral me trajo colgando de la trompa una tarde.

Así que solos no estamos, pero lo cierto es que solos nos sentimos. Por eso le dije a Ermiña que bajara con las niñas ese fin de semana, los cuatro kilómetros que llegan a las parcelas, para pasar una noche con su mamá. Yo me quedaría aquí cuidando junto a Juancho; si Don Henrik se entera que no estoy, se acabó el trabajo. Me enterneció la cara de José mientras volteaba a despedirse, sacudiendo esas manitas que algún día podrán ser las de un gran portero.

Pasé un par de horas mirando las truchas, atento al cielo que se iba anaranjando, y cuando ya estaba oscuro empecé a bajar yo también. En lugar de seguir hacia las parcelas tomé una vereda que bordea la arboleda de bálsamos, a un kilómetro de la truchera. Tuve que esperar media hora antes de notar el brillo de un celular en la oscuridad. Analí venía subiendo al lugar convenido y supe que me había visto, porque la luz empezó a acercarse más despacio.

A punto estaba de irme, bandida.

¿Y aquí me ibas a dejar solita?, dijo ella.

Estaba tan oscuro que solo la pantalla del celular se veía, apenas la silueta de su mano sosteniéndolo.

Cómo te voy a dejar yo aquí solita, le dije.

El calor que traía adentro me hormigueó por todo el cuerpo.

Analí resopló, ahogó una risita, y recordé de pronto los ruidos que José hacía años atrás, cuando se enfermó de sus pulmones. Sacudí la cabeza y así me sacudí el pensamiento.

17

¿Tenés novio?, le pregunté.

Analí se aguantó la respuesta.

Ya no, dijo al cabo de un rato.

Suerte tengo entonces.

No respondió, pero sentí que algo había cambiado en la oscuridad.

¿Verdad que tengo suerte?, insistí.

Depende, dijo Analí, según como se mire.

Pues yo aquí no miro nada, le dije.

La verdad es que yo tampoco, dijo ella.

Su voz también era distinta.

Me acerqué a tientas, calculando el lugar de su cuerpo. Así, a oscuras, empezamos a besarnos. Qué rico besa Analí.

18

Para emparejar el terreno de la truchera, Don Henrik tuvo que meter una máquina que se trajo de San Agustín. Todo esto era selva virgen, y con la máquina trabajando día y noche botó matorrales y desenraizó unas grandes rocas sembradas en la tierra. Solo cortó una caoba, porque los árboles aquí son grandes y, quiera que no, Don Henrik respeta la edad. En ese claro se encuentran ahora los dos tanques, mi covacha, el cuarto de Juancho, y la terraza de madera que nos pidió Don Henrik, todo rodeado de selva tupida. Hay que chapear cada día, porque cada día nos quieren ganar terreno los helechos, las lianas, las plantas trepadoras. Pero a mí me gusta resguardar este claro con el machete, este claro que es nuestro.

La mejor hora es al atardecer, cuando nos reunimos alrededor de los tanques. Erminña sale de la covacha, las niñas van apareciendo de entre la selva acompañadas de Balú, y yo traigo el costal de alimento de truchas. Cada uno agarra un puñado. Nos arrimamos a la orilla del tanque, contamos hasta tres, y juntos lanzamos el manojo al cielo. Al nomás caer, la superficie se alborota con el chapoteo de las truchas. Ahí es cuando me encanta ver a mis niñas, sus bocas medio abiertas y los ojos grandes, como si lo vieran todo por primera vez. Erminña se sonríe en silencio, atenta también a nuestras hijas, y entonces me llena una felicidad que solo siento cuando subo por mi cuenta al peñón en lo alto de la sierra. Esperamos a que el chapoteo se vaya apagando, los últimos coletazos de las truchas brillando en esa luz de la tarde, y luego entramos juntos a la covacha para cenar.

19

Don Henrik llegó a la truchera a las dos semanas de mi primer encuentro con Analí. Nos reunió a Juancho, a mi mujer y a mí en su terraza, y ahí nos sentamos todos en las sillas de plástico que había subido en su último viaje. Pagó el jornal que nos debía y luego me pidió que le trajera su vaso de vidrio (se lo mantengo guardado en la covacha). De la cabina de su agrícola sacó otros tres vasos plásticos y la botella de ron, y nos llenó a todos hasta el tope.

Ya entró un poquito de plata, nos dijo alzando su vaso.

Alzamos los nuestros y brindamos. Juancho hizo como si le ardía el trago, embustero que es.

Ermiña tomó un sorbito del suyo y empezó a estornudar.

Ajúa, dijo Don Henrik, que había estado tomando en su camino al terreno, y nos llenó los vasos otra vez.

Tenemos nuevos clientes, dijo ya acomodado en su silla, dos restaurantes más en la capital quieren trucha. En el futuro esto va a ser un gran proyecto, agregó, y el brillo de su ojo mientras miraba alrededor suyo me empezó a entusiasmar a mí.

Encendió un cigarro y comentó en voz de patrón que traía una nueva tanda de huevos de trucha.

Don Henrik manda a pedir los huevos de Noruega, donde tiene sus contactos. Aquí nos toca meterlos en la incubadora, que en realidad es una hielera, y cuando empiezan a reventar los mudamos al primer tanque para el engordado.

Los huevos de la trucha arcoíris son anaranjados y tienen puntos negros adentro, que son las truchitas bebés. Aunque Don Henrik dice que ese caviar se come en Rusia, a mí me sabe a rayos. Con cada tanda de huevos aprendemos algo nuevo. Ahora solo tenemos un siete por ciento de mortandad. Lo sé bien porque me toca llevar las cuentas oficiales, y en realidad solo se muere el seis por ciento de las truchas. El uno por ciento restante lo saco de los tanques para consumo familiar cuando ya están gordas. Es la única comida que Juancho se anima a compartir con nosotros. José se pone a dar de brincos cuando me mira armando la fogata a un costado del claro. Al momento de empalar las truchas, las cuatro niñas empiezan a bailar alrededor del fuego. Verlas así, felices y salvajitas, me hace brincar a mí por dentro también.

Esa noche Don Henrik se emborrachó más de lo normal. Le hicimos un rincón en nuestra covacha, apartando el congelador donde guardamos las truchas listas para el flete, y mientras se iba quitando su ropa —la gran barriga colgando sobre sus calzoncillos blancos— repitió otra vez que nos fuéramos preparando, que el negocio estaba a punto de reventar. En la madrugada agarró camino de vuelta a la capital, y ya no volvió por mes y medio.

La vibración del celular me despertó un par de noches después. La covacha se iluminó azulada y tuve que cubrirlo con la mano para callar la luz. Por un segundo pensé que Ermiña también se había despertado, pero al fijarme entendí que solo era su ojo izquierdo, que a veces se le abre mientras duerme. Miré el mensaje y reconocí el número de Analí, que solo guardo en el recuerdo.

Mmmmm, decía.

Un calor me recorrió el cuerpo y los dedos de mis pies se empezaron a menear solitos. Puse el celular boca abajo y me quedé bocarriba un rato, sin poder dormir. Mmmmm, pensé yo, y sin lograr aguantarme tanteé con la mano para ver el celular otra vez.

Mmmmm.

Estaba a punto de apagarlo cuando escuché un rumor en la esquina del cuarto, donde las cuatro niñas duermen en el colchón que Don

Henrik nos regaló al principio de la obra. Creí notar que José me miraba. Algo alebrestado, apagué el celular y traté de dormirme otra vez. Apenas pude cerrar los ojos.

Al siguiente fin de semana le dije a Ermiña que tendría que irme para llevar las truchas a la estación de bus en San Agustín. De ahí las enviamos en flete a la capital. Preparé la hielera, acomodándola en la cuatrimoto que Don Henrik trajo para el acarreo de material. Le envié un último mensaje a Analí, conviniendo el lugar para reunirnos, y emprendí el camino hacia abajo.

Me estaba esperando en la cuchilla donde el trayecto se divide en dos, uno que sube a lo alto de la sierra y otro que baja a San Agustín.

Hola bandida, le dije.

Se subió a la moto, atrás mío, sin decir palabra.

¿Qué le dijiste a tu familia?, pregunté.

El olor a Pert Plus lo inundó todo, y sentí que me drogaba con la pura respiración.

Que iba contigo, que me querías hacer *cositas*.

Un escalofrío tibio me subió por la nuca.

¿En serio?, pregunté.

En serio. ¿Y vos a la tuya?, dijo ella..

Con eso zanjamos el asunto. Puso sus manos alrededor de mi cintura y recostó su cabeza contra mi espalda.

Tuve que darle al starter un par de veces. Mientras encendía la moto, me di cuenta que tendría que andarme con cuidado.

Pasamos dejando las truchas en la estación de San Agustín, y luego agarramos camino hacia El Templo, la pensión de mi compadre Maynor. Maynor había arreglado el cuarto con vasijas de gardenias y sobre la almohada, nítida, descansaban dos chocolatitos. Adentro de ese cuarto entendí que me estaba oxidando, o que Analí, de plano, tenía más experiencia de la que le había imaginado, que no era poca.

Tenés que andarte con cuidado, pensé otra vez mientras salíamos del cuarto una hora después, y volví a olvidarlo de inmediato. Me había duchado para quitarme cualquier olor, aunque el aroma a Pert Plus ya lo llevaba adentro, en la sangre.

En el camino de subida Analí se agarró más fuerte a mi cintura. Cuando llegamos a la cuchilla se bajó sin decir palabra y dándome un beso desapareció por una vereda.

Al llegar a la truchera todo estaba oscuro. Aparqué la cuatrimoto a un costado de los tanques y apagué el motor. Me empecé a acercar a la covacha, con el agua de los tanques ronroneando entre los ruidos de la selva, cuando vi que una silueta me salía al paso. El corazón me dio un brinco.

Juancho estaba esperándome, una mano apoyada en el borde de concreto del tanque, la otra recogida contra el cuerpo, agarrando la faja del rifle que colgaba a su espalda.

¿Te asusté?, preguntó.

23

Qué va. ¿Te asusté yo a vos?, le respondí, con más coraje que sentido.

Andaba pasando por aquí, me dijo.

Ajá.

Ya es tarde, dijo.

Sí, respondí.

Y vos que seguís despierto.

Así es.

Quería asegurarme…, continuó, pero hizo como que si se guardaba las palabras.

En ese momento las nubes se abrieron, y la luz de allá arriba iluminó por un segundo el claro. Entendí que sonreía.

Ya me voy a dormir, Juancho.

Sí, me dijo, seguro necesitás descansar.

Nada en su cara cambió al decir esto.

Hay mucho trabajo por hacer, le dije y, suspirando profundo, como si otras cosas me importunaran más, seguí hasta la covacha.

Cuidate, dijo a mis espaldas, y si no di un portazo fue solo para no despertar a mi familia. Escuché sus pasos alejándose hacia la selva, más saltarines que de costumbre.

En la mañana mis hijas bajaron a la aldea para ver si el maestro de la escuela, que es un borracho, se aparecía ese día. Mientras Ermiña sembraba unas plantas de berro en el huerto, me fui a buscar a Juancho entre la selva.

Lo encontré a la par del manantial, mirando el agua sin moverse. Me quedé un rato tras unas grandes manos de león que daban cobijo, pensando en lo fácil que sería darle un empujoncito.

Así estuve hasta cinco minutos, entusiasmado con la idea, pero Juancho habló de repente, como si tuviera ojos en la nuca.

¿Está bonita la sombra por ahí?

Salí de entre las plantas y me paré a su lado. El agua profunda del manantial tenía algo alucinante.

Te quería hablar, dije.

Lo imaginé, respondió, y luego agregó: Debe ser complicada tu situación.

Sobre la tuya quería hablarte, no es bonito que lo anden buscando a uno.

Arrugó apenas la nariz y noté que lo había agarrado desprevenido.

En San Agustín andaban preguntando por vos, dije.

¿Ah sí?

Su voz era un hilo de la anterior.

Así es, le dije.

¿Y quién andaba preguntando?

Quiénes, lo corregí. Dos eran los que me hablaron.

Lo vi tragar saliva.

¿Y qué querían?

Pues nada, solo preguntaron por vos, que cómo estabas.

¿Y qué les dijiste?

Me incliné sobre la orilla del manantial y metí la mano en el agua. De veras que estaba helada.

Les pregunté que quiénes eran.

Ajá, respondió. ¿Y?

Me dijeron que amigos tuyos.

¿Algo más?

Pues no me dieron buena espina.

Así que…

Así que eso. Les dije que no sabía, ratos llevaba sin verte.

Juancho dejó escapar el aire de sus pulmones.

Ah bueno, dijo él.

Vos sabrás mejor, le dije. Pero…

¿Pero qué?

Lo que te digo nomás, no me dieron buena espina.

Juancho movió su cabeza de un lado a otro, como si calibrara dos pensamientos contrarios, pero antes de que pudiera decir algo me di la vuelta y emprendí el camino de regreso a los tanques.

Esa noche, a pesar de mi humilde triunfo, me entró la vigilia. Tuve que salir varias veces a pararme junto a los tanques, aprovechando el sonido del agua que me daba sosiego. Desde ahí veía a Juancho transitar cada cuanto en sus rondas, cuidando el terreno y asegurándose de que el agua siguiera pasando por los tubos a los tanques. Avanzaba cabizbajo, como padeciendo un gran peso sobre la nuca, y sentí una pequeña pena, pero más grande alegría.

En algún momento, al inicio del proyecto, las truchas se empezaron a morir. Cada mañana despertaba y me encontraba tres o cuatro animalitos flotando sobre la superficie del tanque. El resto andaba como sonso, ni siquiera se comían a las moribundas. Don Henrik tuvo que venir de la capital y se pasó una semana aquí, bajando por las noches a dormir en San Agustín para regresar temprano en las mañanas. Se mantenía largo rato atento a las truchas, pensativo, con un dedo sobre los labios.

Se están asfixiando, dijo al quinto día.

Además de la temperatura, las truchas necesitan mucho oxígeno. En los tanques lo consumen rápido por tanta nadadera. Así respiran ellas, pero así se cansan también. El agua fresca tiene que estar entrando siempre, oxigenando el tanque, pero ya no alcanzaba con tanta trucha. ¿Para qué hacerme el modesto? Fui yo el que solucionó el problema del oxígeno. Me inventé un *efecto Venturi,* según me dijo Don Henrik, que conoce de estas cosas. Lo único que hice fue probar con unos tubos de plástico, metiéndolos a medias en el agua para crear distintos vacíos. Logré que los tubos succionaran el aire de afuera para crear burbujas en el agua y así, desde entonces, le inyectamos el oxígeno necesario.

Usted es un ingeniero empírico, me dijo Don Henrik luego del éxito, un ingeniero hecho y derecho.

Después de los de Analí, los piropos de Don Henrik son los más agraciados.

Pero en las noches, noté con preocupación, Erminña también daba sus vueltas en la cama. Algo pasaba ahí. Aproveché que iba a bajar a la tienda, con un encargo de pesticida que usamos en el huerto, para hablarle quedito a Analí.

Mejor si dejamos de vernos aquí, le dije. Igual más bonito en la cuchilla, o tal vez en otro lado, ¿no creés?

¿Por qué?, me preguntó.

¿Cómo que por qué?

¿Por qué?

Esperé quieto, mis pulgares al cincho, mirándola sin entender. Pero Analí soltó una risa y se puso a ver su celular. Seguí parado frente al mostrador, como un idiota. Unos hombres entraron a comprar algo y solo me quedó despedirme de ella. Ni adiós me dijo.

Le envié un par de mensajes de texto en los siguientes días, pero no respondió. Esa semana me puse como loco. Por momentos sentía un alivio enorme, un gran desahogo, y me inundaba el cariño por Ermiña y mis niñas, seguido de una culpa horrible. Al ratito me estaba somatando la cabeza de las puras ganas de ver a Analí. Era época de cosecha de truchas y la lluvia empezaba a arreciar. Me mantuve trabajando duro, bajo el agua necia, sacando un pescado tras otro, tratando de quitarme las ganas a puro esfuerzo. Pero eso solo me hacía pensar más en ella, el mismo sudor me traía el recuerdo de las noches compartidas, y entonces me llegaba de golpe el olor a Pert Plus, seguido del aroma atrás de sus orejas, igualito al de un bebé, y así iba recordando su aliento, entre dulce y agrio, descubriendo sus perfumes como por primera vez. Pero los olores recordados se evaporan, así como llegan se van, y entonces me daba cuenta de la distancia enorme entre mi cuerpo y el de ella, y eso me traía una tristeza profunda que me obligaba a parar y apoyarme contra el borde del tanque.

Como si escuchara mis mismísimos pensamientos, esa tarde me entró uno de sus mensajes.

Quiero hacer cositas en tu cama :)

La frase me zangoloteó entero. La estuve leyendo tantas veces que hasta José se me acercó para preguntarme qué miraba. Erminia no me dijo nada, lo que debería haberme puesto en guardia, pero lo cierto es que yo andaba en las nubes, apenas capaz de esconder la sonrisota. ¿A qué cama se refería? ¿A la que estaba en la covacha? A hacer cositas… ¿aquí? De un momento a otro todo a mi alrededor se impregnó de Analí, su risa enredada entre la selva, sus jadeos borboteando con el agua, su cuerpo apretándose sin tregua contra el mío. Y Erminia ahí cerca, en silencio, preparando la comida, trabajando el huerto, o ayudándole a las niñas con tareas de la escuela que ella misma se inventaba.

Mis hijas salieron más temprano de lo normal a la mañana siguiente. Me encontraba afilando el machete para podar alrededor del claro cuando Erminia se acercó. Tenía un bolsón y se había maquillado, cosa que nunca hacía ahí arriba.

Ya me contaron, dijo.

La volteé a ver.

¿Ya te contaron qué?

Ay dios, dijo. Qué pena me das.

Un vahído se me regó por todo el cuerpo, tanto así que tuve que ponerme en cuclillas. Cuando alcé la vista, Erminia me veía hacia abajo. Luego sonrió apenas con los labios muy juntos,

29

sus ojos tristes, y agarró camino a la vereda que baja del terreno. Pensé seguirla, decirle algo, gritarle o rogarle algo, pero iba caminando tan recta, con su falda apretándole las grandes nalgas tan bien, con la bolsa tan agarrada, que no tuve el coraje. Me puse frío, luego me dejé caer de culo en el suelo. Un silbato agudo empezó a pitar en mis oídos, y tardé algunos minutos en poder despejarlo y levantarme otra vez.

Ah, carajo, pensé. Carajo carajo carajo.

Me mantuve zurumbado por el resto del día, moviéndome de los tanques a la covacha, de la covacha al filo de la selva, de la selva al huerto, y en el huerto me quedaba viendo las plantitas que Erminña había cultivado esos meses —acelgas, tomates, matas de berro—, todas tan mimadas. Fui a traer agua de los tanques en una cubeta y me puse a regar las que parecían necesitarlo, que no era ninguna, y noté el esmero que le había puesto a cada hortaliza, los surcos cavados con cuidado, la tierra negra bien trabajada, y ahí me quedé quieto, largo tiempo, hasta que se me fue cerrando la garganta y las lágrimas empezaron a salir solitas de mis ojos. No sé cuánto estuve así, pensando en mis niñas, imaginando a Erminña recogiéndolas en la escuela para decirles que esa tarde no tendrían que subir, seguirían de largo hacia abajo, a la casa de su abuela. La lluvia arreció y me empapó el pelo, la cara, el cuerpo.

De repente me encontré caminando por la vereda que sale del terreno, cada vez más rápido, tropezando en la carrera hacia abajo, las botas de hule resbalando y con ellas este cuerpo, este cuerpo que no era el mío, un cuerpo torpe y prestado que me llevaba hacia mi mujer por sus propias pistolas. Logré frenarlo cuando ya llegaba a las parcelas. Me acerqué a tientas a una piedra que le decimos El Toro, por la forma que tiene, y ahí me senté sobre el lomo del animal. Poco a poco fui tranquilizándome. Buscar a Ermiña era un disparate, no había pierde, y la idea de encontrarme con mi tía llanamente una burrada. En ese estado empezó a entrarme el rencor.

Ya me contaron, había dicho Ermiña.

Cuando me di cuenta, el odio me palpitaba por todo el cuerpo, y entonces supe que Juancho me había vendido. Aquí se me entuertan las palabras, porque el odio creció contra Juancho y contra mí mismo, pero también, por qué no decirlo, contra Ermiña. ¿Qué había hecho ella? ¿Qué había dejado de hacer? Me costaba encontrar la razón, pero sabía que ahí estaba, agazapada, tan presente y tan dura como la piedra en la que me encontraba sentado.

Con el diablo adentro di un brinco de El Toro y retomé el camino hacia arriba. Subiendo comprendí por fin que ya no estarían ahí Ermiña, ni tampoco Tatinca, ni Ileana, ni Ilopanga, ni mucho menos José. La angustia me fue lavando el enojo, cubriéndolo de un frío canalla, y cuando llegué a la entrada del terreno vi a Juancho sentado a la par del cuarto de lámina, el rifle colgado de su espalda. La lluvia había amainado y unas nubes espesas subían por el costado de la ladera,

31

escondiendo y revelando el claro cada cuanto, y a veces aparecía el cuerpo encorvado de Juancho y a veces no. Mientras me iba acercando me dio la impresión de estar llegando ante un fantasma muy cansado.

Te tenés que ir, le dije, ya casi junto a él.

Me volteó a ver, lento pero tampoco sorprendido.

¿Qué?

Irte, le dije, ahora.

¿Por qué?

Tragando saliva, me esforcé por tranquilizar mi voz.

Vi a tus conocidos allá abajo, le dije, venían subiendo.

¿Allá abajo?

Ni tan abajo, expliqué, ya estaban en las parcelas.

¿Te hablaron?

No, le dije recapacitando, solo me vieron, a la distancia, y hablaron entre ellos. Te digo que venían subiendo para acá.

Su mano se acercó a la escuadra en su cinto.

¿Ahora?

Ahora, le dije.

Juancho se paró, y entonces sí miró con atención al lugar donde entraba el camino al terreno. Empezó a ver alrededor suyo, la línea donde el claro termina y empieza la selva.

¿De veras?

De veras, Juancho, andate.

Sacó la escuadra, la cargó, y entró corriendo a su cuarto de lámina. Un minuto después estaba de vuelta con su mochila.

Volteó a ver a su alrededor otra vez, con ojos de vaca perdida, y sin despedirse salió corriendo en dirección a la vereda que baja. A medio trayecto se frenó. Se dio la vuelta ahí mismo y regresó rápido y entre tropiezos.

Tomá, me dijo quitándose el rifle para acercármelo, tal vez te sirva.

¿Y a mí por qué?

Así son ellos, dijo, andate con cuidado.

Hasta yo me alarmé. Viendo su cara, el pelo revuelto y la quijada apretada, pensé, por un momento, en decirle la verdad. Pero las manitas de José aparecieron otra vez en mi cabeza, despidiéndose, y el momento pasó.

Andate, le dije, andate rápido.

Salió escabulléndose entre el terreno hacia el camino, pareció arrepentirse, y entonces se dirigió a la orilla del claro y desapareció entre la selva.

33

Entré a la covacha y me fijé en la cama que Ermiña había dejado hecha, el colchón de las niñas levantado contra la pared de tablones para hacer la limpieza, todo el cuarto oscuro y nítido. Me senté sobre el borde de la cama, recosté mi espalda, y viendo el techo de lámina escuché de pronto a mis niñas riéndose ahí afuera, correteando al perro Balú entre los tanques. Pero el ruido se fue apagando entre el murmullo del agua, y entonces sentí que me iba hundiendo en el colchón, que seguía cayendo y cayendo. Traté de pensar en otras cosas, sacudirme las ansias, y me vino a la mente el mensaje de Analí. Busqué el celular en mi pantalón.

Quiero hacer cositas…

El cuerpo me respondió. *Quiero hacer cositas…*, leí otra vez, y tal vez hasta lo dije en voz alta. La imaginé sin blusa, desnuda sobre mí, de esa forma en que la había pensado mil veces. Agarrándose sus tetitas con las propias manos, alzando la mirada al techo. Tecleé con furia el mensaje, sin apenas ver la pantalla.

La respuesta llegó al par de minutos.

Te veo arriba de las parcelas a las 6.

La fui a traer tarde, bajando por el camino sin cuidado, las sensaciones revolviéndome todo por dentro. La encontré a la par de un roble enorme, justo donde la arboleda de ámbares empieza a transformarse en selva. Al menos su silencio, esa vez, estaba emparentado con el mío. Empezamos a subir al terreno.

Qué bueno que estás solito, dijo al fin, cuando llegamos al claro.

La selva se había hecho silencio, como si las plantas, el agua, los animales y los pájaros se hubieran aquietado en sus rincones, atentos a esa nueva presencia. Hasta Balú andaba desaparecido.

No le respondí, su olor me llegaba fuerte y eso ya era casi demasiado. Pero estar así, a punto de incendiarlo todo, vacío de palabras, me hacía bien.

La vi repasar el terreno con la mirada, curiosa y sobre todo satisfecha. Se acercó a uno de los tanques y metió un dedo en el agua.

Está fría, dijo, y luego se llevó el dedo a la boca y lo chupó.

Esa agua sabe a pescado, lo sé porque yo también la he probado, pero su forma de verme me hizo pensar que aquí tenía yo la fuente sagrada de nuestra perdición.

¿Y ese es tu cuarto?, dijo ojeando la covacha.

Había empezado a llover otra vez, y antes de que pudiera responderle ya estaba acercándose con pasos ligeros a la puerta. La abrió, solita se dejó entrar. La seguí adentro y prendí una candela en la mesa de noche. Las gotas pesadas empezaban a tronar sobre el techo de lámina, y siguió arreciando mientras Analí lo esculcaba todo, caminando alrededor de la cama para ver el diseño de flores de la colcha, acercándose al calendario de praderas suizas que Don Henrik había puesto en la pared, jugando con la punta del pie las bolitas de naftalina que Erminña acomodaba en las esquinas. Luego volteó hacia mí y arrugó la nariz.

Aquí huele… diferente, dijo.

No me gustó su forma de decirlo, pero ya se había acuclillado para recoger una pelotita de hule que asomaba debajo de la cama.

¿Es de tu hija?, preguntó.

Le dije que sí, sin saber bien a quién se refería.

Tan chiquita ella, me encanta su sonrisa, dijo, y supe de inmediato que hablaba de José, que tiene unos dientes blancos que iluminan todo cuando está a gusto.

Analí se sentó sobre la cama y desde ahí me miró hacia arriba, la pelotita de hule moviéndose entre sus manos.

La recordás entonces, dije.

No tengo que recordarla, siempre le hablo cuando sube de la escuela.

35

Ve pues. ¿Así que se conocen bien?

Se aguantó la respuesta, pero tampoco dejó de verme. Soltó la pelotita, que cayó y siguió rodando por el suelo, y luego puso una mano sobre su muslo.

¿Pero le hablás mucho entonces?, insistí.

Ladeó la cabeza, hizo una mueca, y suspiró antes de responder.

Pues sí, ella me cuenta sobre lo que hacen aquí arriba. Tu trabajo, las truchas tan ricas. Hasta me dijo…, empezó, pero pareció arrepentirse y soltó una risita.

¿Qué?

Miró hacia abajo, como si estuviera decidiendo cómo continuar.

Que apenas si mirás a tu mujer.

No creo que te haya dicho eso.

Analí volteó la mano que tenía sobre el muslo, alzándola apenas, pero al rato la regresó a su lugar.

¿Y qué le dijiste vos?

Analí se rió otra vez, a medias.

Eso queda entre tu hijita y yo.

Su tono me tomó por sorpresa, pero el disgusto creciente me hizo aguantarle la mirada, sin darle nada, o tal vez entregándolo todo, lo que me alteró hasta más. La imaginé con José en su tienda, las manitas de la niña sobre el borde del mostrador mientras la escuchaba atenta, y luego vi a José saliendo de ahí y hablándole a Ilopanga, sentada afuera junto a alguna amiga de la escuela, y a Ilopanga susurrándole algo a Ileana en el trayecto de subida a la truchera, las caras serias de las dos, y luego a Ileana sentada

junto a Tatinca en esta misma cama de la covacha, contándose cosas al oído. La conversación
de Tatinca con Ermiña no pude, no quise imagi-
narla. La lluvia se soltó entonces y ese ruido del
metal golpeado llenó el cuarto y me llenó la
cabeza.

Odié a Analí mientras extendía su mano
hacia mí, y me odié a mí mismo mientras la
tomaba. Todo eso me prendió más. Me jaló sua-
vemente hacia ella y me hizo sentarme a la par
suya. Empezó a besarme el cuello, su mano entre
mis piernas, y sentí su lengua caliente hurgando
en mi oreja, hirviéndome entero. Dijo algo pero
entre la bulla de la tormenta no la pude escu-
char, porque la cólera adentro mío crecía también, buscaba nuevas formas, se enraizaba y
trepaba por mi tronco, y mientras más me iba
calentando más firme me apretaba con su mano
Analí, más la deseaba y más la detestaba, y entonces empezamos a quitarnos la ropa, atragan-
tados y ganosos, y al meter mi mano en su calzón
la sentí húmeda y caliente, y el rencor se fue por
un camino distinto, desbordado en otra cosa. La
volteé sobre la cama y se dejó caer de frente. Así,
con su cabeza hundida en el colchón y el culo
parado, me monté sobre ella desde atrás, aga-
rrándola de la cintura para deslizarme hasta el
fondo, y mientras los truenos retumbaban, el
traqueteo de la lluvia pegándome por dentro, la
embestí una y otra vez, con una fuerza que no
me conocía, sin verla, mis ojos asidos a esa pra-
dera suiza en la pared, a su cielo enrojecido por
la luz de la candela, con el tiempo hinchándose
ahí adentro, dilatándose, hinchándose otra vez,

37

en esa covacha, los gemidos de Analí a la distancia, cada vez más lejos, alejándose, acercándose otra vez, ya tan cerca, retumbando adentro mío hasta arrancarme con un grito de este mundo y de las cosas que ahí había.

Desperté, al cabo de un gran tiempo, con los cacareos de un pájaro. Noté la luz entrando entre las ranuras del tablón. Volteé a un lado y Analí dormía hecha un rollito, abrazándose los costados. Me sentí mal —es decir, sentí que algo estaba mal, terriblemente mal—, y me levanté para ponerme los pantalones tirados en el suelo, la camiseta sudada, zambutiendo los pies entre las botas lo mejor que pude. Abrí la puerta de la covacha y afuera el sol me dejó ciego.

Me fui acostumbrando a esa luz, y le achaqué, por un segundo, el brillo intenso de los tanques. Me restregué los ojos, los miré otra vez, y mi cabeza se llenó del silencio más puro.

Las superficies de los tanques estaban tapizadas de truchas, sus panzas gordas y plateadas flotando. Me acerqué a tientas y tuve que agarrarme al borde de cemento. Nada se movía ahí, y sin pensarlo hundí el brazo entero en el primer tanque, apartando las truchas muertas. Pero abajo todo estaba quieto también, excepto uno o dos animales que se deslizaban ladeados y zonzos. Busqué el tubo de agua que alimenta al tanque. Ni una gota caía de ahí.

El mundo empezó a dar vueltas, sentí que la selva se abalanzaba sobre el claro, y en lugar de vomitar solté un eructo que salió profundo de mis entrañas. Eso me aclaró la mente a medias, lo suficiente para pensar en Don Henrik, en las cosas que estaban pasando y en las cosas que estaban a punto de pasar. La sangre empezó a bombear por mi cuerpo otra vez. Salí corriendo hacia arriba entre la selva, siguiendo la tubería al manantial. A medio camino me topé con una enorme rama caída sobre el tubo. Una poza se había formado ahí, donde el agua salía a borbotones del plástico roto. Volteé hacia arriba y vi el tronco de caoba chamuscado, el lugar donde había pegado el rayo. Me metí entre la charca, el agua a mis rodillas, y haciendo un gran esfuerzo intenté mover la rama. Ni logré apartarla.

Entumecido, regresé corriendo al claro, sin poder sentir mis pies, y ahí encontré a Analí a la par de los tanques, restregándose los ojos mientras miraba a las truchas muertas.

¿Qué pasó?, preguntó con una voz de otro mundo.

La hice a un lado en mi camino a la parte trasera de la covacha, y ahí agarré una cubeta de plástico y la llevé de vuelta a los tanques. La llené de truchas y empecé a hacer viajes al congelador, de ida y vuelta, una y otra vez, pero al ratito ya estaba repleto. La superficie de los tanques seguía atestada de pescados.

Se miran muertas, dijo Analí, y volteé a verla, a ella y luego a las truchas, a las truchas y luego a ella.

Me quedé quieto mientras Analí acercaba un dedo para puyar uno de los animales flotantes. La superficie estaba tan cundida que apenas se movió.

Respiré lo mejor que pude, ahora que faltaba el aire, y entré de vuelta a la covacha. Encontré mi celular en el suelo, lo levanté y sentí que me quemaba la mano. Busqué el número de Don Henrik.

Cuando salí otra vez de la covacha toda la piel me hormigueaba con un ardor extraño. Era difícil respirar, apenas podía moverme.

Ya viene para acá, alcancé a decirle a Analí.

¿Quién?

Ya viene en camino.

¿Quién?

Me miró confundida, levantó una mano que exigía algo.

¿No me vas a decir?

¡El jefe, bruja!, le grité.

Se llevó las manos a la pansa y ahí las dejó muy juntas, muy quietas, sin decir nada. El arrepentimiento fue arrasándolo todo adentro mío. Al cabo de un rato bajó la mirada y, dándose la vuelta, empezó a avanzar en dirección al camino. Era la segunda mujer que se alejaba de mí en dos días. Me llevé las manos a la cara, busqué la oscuridad. Cerrando los ojos con fuerza, pedí que todo regresara a como estaba antes. *Como antes*, repetía, *como antes*. Los abrí otra vez y ya no había nadie ahí. Por unos segundos deliciosos mantuve la mirada quieta en el camino, en ese lugar que seguía siendo el mismo de hacía meses. Al fin volteé a ver a los tanques. Las truchas flotaban en la superficie.

El camino de la capital a San Agustín tarda dos horas. Desde ahí es otra hora y media subiendo la montaña hasta el terreno. Esperé a Don Henrik sentado sobre el borde del primer tanque, con las truchas a mis espaldas. No me animaba a mirarlas. De vez en cuando escuchaba el motor de la agrícola, y casi podía verla entrando al claro, las llantas resbalando sobre el suelo de tierra hasta frenarse a unos cuantos metros de donde yo estaba, Don Henrik saltando del carro y yéndose hacia mí. Pero el ruido pasaba, el viento regresaba a los árboles, y la misma selva se hacía silencio, como aguantándose la carcajada.

Las nubes subían la ladera otra vez, y el sol asomaba cada cuanto, iluminando el claro con una luz blanca que me hacía cerrar los ojos. Los abrí para verme las manos y no supe si temblaban ellas o temblaba yo o temblaba el mundo. Me paré, al fin, y logré darme la vuelta.

El cielo se había despejado y una luz intensa le sacaba el verde a toda la arboleda. Recordé a mis niñas a la par de la covacha, sus caras serias al mirarme trabajar los tanques. Mi mujer, mi Ermiña, tal vez ya no era mi mujer. Y Analí estaría en su tienda, o quién sabe dónde, odiándome, o quizá queriéndome un poco.

Miré los tanques y fui olvidando el nudo en mi garganta. La luz caía de lleno sobre las truchas, rebotando en esas panzas plateadas, un brillo de tonos azules y morados brotando de ahí como un tibio vapor. Ya pronto empezaría a apestar el lugar, en cosa de horas llegarían los zanates, los buitres, tal vez hasta un quetzal. Se asentarían en los árboles alrededor, haciéndose presentes para esa gran ofrenda.

Bienvenido, Don Henrik, pensé, y sonreí, al borde de las lágrimas.

Me llevé las manos a la nuca, agarrándome fuerte, y esperé a que llegara el jefe.

BUCEO

Es que él tenía un corazón enorme. Yo creo que por eso aguantó tanto tiempo, dijo Henrik, por ese corazón tan grande que tenía. A mí me mirás alto, pero mi hermano me sacaba media cabeza. Recibió penca mi hermano. Imaginá lo que es meterte tanta droga por tantos años, eso lo destroza a cualquiera. Pero Mati siempre mantuvo un aire joven, suspiró Henrik, incluso con las caídas y las recaídas, cuando lo que salía arrastrándose del hoyo ya no era mi hermano sino un trapo hediondo.

Increíble cuánto puede cambiar un cuerpo. Te lo digo yo, que he cargado a Mati por los callejones más oscuros de esta ciudad. Tirado en alguna esquina de la terminal, todo hinchado y sin zapatos. Varias veces me tocó sacarlo de ahí, y fijate que en esos callejones es donde menos me ha costado cargarlo. Los bolos se hinchan pero con tanta droga se fue rebajando, hasta que solo quedaba el saco de huesos que me echaba al hombro. Ahí, en una de mis idas a la terminal, cuando ya lo daba yo por muerto, abrió los ojos muy grande y me miró con esa misma sonrisa que te mencionaba antes, la que tenía desde niño y encariñaba a cualquiera.

El viaje al lago del que te hablo fue luego de la navidad. Mati se había graduado del colegio un año antes, y recuerdo bien la época porque acababa de hacer uno de sus numeritos. Ya sabés que él se desaparecía dos, tres, cuatro semanas, a veces hasta más. Pues ya era diciembre y no lo veíamos desde hacía un mes, así que mis padres decidieron que los tres íbamos a pasar la navidad en la Antigua. Ya que regresamos a la ciudad mi mamá encendió las luces de la casa y descubrimos, en medio del jardín, la ceiba de siempre, solo que convertida en árbol de navidad. Mati había sacado todos los zapatos de nuestros clósets y los había usado para decorar el árbol. Hasta lo más alto llegaban esos zapatos, no sé cómo alcanzó ahí. Dos de mis tenis colgaban de una rama torcida, y en otra más lejana pude ver un par de tacones de mi mamá, haciendo equilibrio. Ella se quedó un rato observándolo todo y luego se dio la vuelta y caminó al cuarto. Pero mi papá siguió ahí, mirando el árbol, intentando descifrar algo en la decoración, supongo, y cuando me volteó a ver dijo que bueno, tampoco le había quedado tan mal, ¿no?

Ese era el tipo de cosas que hacía mi hermano. Ya luego todo fue empeorando, pero en esos tiempos sus disparates todavía mostraban una especie de cariño descarrilado. Al día siguiente pasó por la casa para darnos el abrazo de año nuevo, al menos por adelantado, dijo, y nadie mencionó la ceiba. Ahí estábamos a unos cuantos metros de nuestro nuevo árbol navideño, rotundo al otro lado del ventanal, pero mi hermano no lo comentó o ya de plano no lo recordaba, y entre nosotros nadie sacó el tema. Comimos huevos y mi mamá hizo *smørrebrød* para el desayuno. Luego del café mi hermano se llevó a mi papá al estudio y ahí le estuvo hablando largo rato. Desde su lado de la mesa, mi mamá evitó mi mirada mientras le daba sorbitos a su taza. Sabíamos que solo era cosa de tiempo para que el viejo claudicara y le diera algo de dinero. Cuando salieron del estudio mi papá veía al suelo, complacido con la mano de Mati sobre su hombro, y me dio tristeza verlo así, avergonzado y feliz a la vez.

En el lago se fue a quedar a la casa del Tavo. El Tavo era su compinche de esos años, y tiempo después mató a un hombre en la costa y terminó metido en problemas con gente seria. Pero en esos días mi hermano y el Tavo eran uña y mugre o más bien mugre y recontra mugre, porque se potenciaban entre ellos, lo que hacía uno lo superaba el otro, sobre todo cuando de burradas se trataba. La noche que llegaron al lago a Tavo se le ocurrió ir a buscar putas al pueblo para llevarlas de vuelta a la casa. Cerca de la Avenida Santander subieron a dos al carro y el Tavo, que venía encabritado de tanta droga, empezó a pasarse de listo, hablaba bronco y más recio, y las putas decían menos y más se miraban entre ellas. En una de esas una navaja apareció desde el asiento de atrás, contra el cuello de Tavo, y entonces se hizo silencio en la cabina. Un kilómetro más adelante las putas se bajaron del carro, cada una con una billetera. Esa era una de las historias que se contaba por esos días: que al Tavo y a Mati los habían asaltado dos putas.

Esa fue la noche del 30, y entonces decidieron desquitarse con una buena farra en la casa del lago. Yo ya he estado en la sala de esa casa, he visto el gran ventanal que se abre frente al jardín, la caída prolongada de la grama hasta la orilla del lago. Casi duele la vista de tan linda, con los tres volcanes al fondo. Yo no me meto cosas, ya lo sabés, pero si tuviera que elegir dónde hacerlo diría que ahí, frente al ventanal de esa sala, se encuentra el lugar ideal. Eligieron bien los condenados. Y se dieron su fiesta. Años después mi hermano estaría mendigando alcohol de farmacia por la zona 3, pero en esos días todavía estaba en lo alto de la ola, tambaleándose en la mera cresta. Así deben haber estado los dos, picados como el lago en diciembre, cuando se les ocurrió salir a bucear. Solo a alguien tan arriba se le ocurre bajar tan abajo. Tavo me dijo luego que borrachos no estaban, y que en todo caso andaban con la mente bien clarita, con la claridad que tienen los viajes dilatados. La cosa es que el Tavo era un buzo experimentado, con licencia, pero Mati era un hombre cualquiera, un hombre montado en la cresta y con ganas de llegar hasta el fondo de las cosas.

En esos años acababan de descubrir unas vasijas mayas en la costa este del lago, por Santa Catarina Palopó, y se hablaba mucho sobre una ciudad maya sumergida. Alguna gente por ahí había encontrado pedazos de cerámica en la playa, con diseños en tonos rojos y ocre, y se pensaba que un centro ceremonial había existi-

46

do en una isla cerca de la orilla. Pero el nivel del agua había subido, hundiéndolo todo. Eso tenía que haber sido hace cientos, probablemente miles, de años.

Puedo imaginar cómo se habrá visto todo esa madrugada, porque yo lo he visto también. Tenés los tres volcanes enormes al otro lado del lago, y en lo ancho de sus faldas se dibuja la orilla que va dándole la vuelta a la cuenca. A esa hora todo está nítido pero también muy quieto. Ya que empieza a salir el sol atrás tuyo se iluminan las cumbres de los volcanes, y la luz va bajando por las laderas hasta entrar al lago. Es la misma claridad que te permite ver todo lo que ocurre entre el agua, el paso de los peces como atolondrados por la mañana, deslizándose perezosos en alguna corriente.

47

El Tavo decidió que sacarían la lancha, y ya empezaba a salir esa luz de la que te hablo cuando zarparon del muelle de la casa. Fueron bordeando la costa de Santa Catarina en dirección a Agua Escondida. Por supuesto que los dos creían conocer el lugar exacto donde se encontraba la ciudad sumergida, pero como no se ponían de acuerdo decidieron echar ancla en un punto medio. Así dirimían sus diferencias, fijate que eran buenos para eso. En la parte alta del cielo, aún morada, mi hermano distinguió tres estrellas alineándose. Eso lo dejó alterado, según Tavo, aunque es difícil saber a ciencia cierta qué fue lo que vio. Tavo dice que a partir de entonces declinó ponerse el equipo de buceo. Mi hermano siempre se había sentido conectado con la naturaleza, con la vida de campo, y creo que por eso se ponía receloso con las cosas hechas por el hombre, con los instrumentos que lo alejaban de ese contacto. Así que el Tavo se puso su equipo, hizo las revisiones de rigor, y se dejó caer de espaldas al agua. Mati tardó más, pero al poco tiempo entraba en el agua él también, con una careta y un esnórquel.

Es frío el lago, ya sabés cómo se pone en diciembre. Pero imagino que sacaron petróleo de reservas, y de esa fuerza que da la droga. El Tavo se hundió a unos veinte pies y mi hermano lo fue siguiendo desde arriba, como pez piloto, atento a los lugares que su amigo señalaba con el pequeño tridente que llevaba en la mano. Más adelante se abría una quebrada y el suelo caía en picada hacia profundidades más oscuras. Cambiaron de dirección y continuaron al filo de ese precipicio, bordeándolo. Mi hermano descendía cada cierto tiempo, acercándose a las piedras y los peces que Tavo iba reclamando con su tridente. En uno de esos descensos descubrió que Tavo ya no avanzaba, atento a una piedra que surgía entre la arenilla cercana al precipicio. Subió a tomar aire y, luego de dar una buena bocanada, bajó otra vez.

Observaron la piedra por varios segundos. Tavo se sacó la boquilla de aire y se la ofreció a mi hermano. Así lograron quedarse largo rato, pasando la boquilla de ida y vuelta mientras admiraban lo que parecía la parte superior de una estela maya. Al fin se acercaron y empezaron a escarbar juntos la arena alrededor. La piedra era lisa, dijo Tavo, era dura y lisa y tenía inscripciones talladas que se palpaban con las

48

yemas de los dedos. Cada vez se veían mejor las líneas, el principio de un diseño que se extendía hacia el resto sumergido. Ahí había un plan que pronto les sería revelado, se le ocurrió a Tavo, y siguió escarbando. En algún momento entendió que solo él trabajaba, y al alzar la vista descubrió que mi hermano se había alejado hacia el borde del precipicio. Miraba hacia abajo, dijo Tavo, al fondo oscuro de esa quebrada. No se movía y Tavo pensó en acercarse, ofrecerle la boquilla, pero mi hermano parecía tan concentrado, tan atento a esas profundidades, que Tavo solo se mantuvo asido a la estela. Entonces Mati volteó sobre su hombro y lo miró a él. A Tavo eso lo dejó frío, me dijo, porque intuyó que *algo estaba a punto de joderse*, y vio con aprensión, casi en cámara lenta, que los pies de Mati buscaban la arenilla del fondo. Logró asentarlos y, flexionando las rodillas, se empujó con fuerza hacia la superficie. A Tavo le tomó un segundo entender que seguiría de largo, que ascendía sin freno. Habían estado respirando el aire comprimido del tanque, sabía Tavo, y ese aire iría creciendo allá arriba, expandiéndose en el cuerpo de mi hermano hasta reventarle los pulmones. Tenía que descompresionar, dilatar el ascenso, pero esos trámites no eran parte del viaje de Mati. Tavo se soltó de la piedra y empezó a subir, expulsando el aire sin parar, descompresionando de emergencia para hacerse el menor daño posible.

En la superficie Mati flotaba boca arriba. Tavo se quitó la careta y se la quitó a mi hermano. Tenía las pupilas enormes, me dijo. Las

49

venas del cuello le trepaban hinchadas y azules desde el pecho hacia su cara, como el reflejo obsceno del ramaje en la estela. No respondía, Tavo le hablaba pero mi hermano solo flotaba boca arriba con los ojos muy abiertos. Vaya uno a saber cómo logró subirlo a la lancha, imagínate lo que habrá sido eso con un cuerpo como el de Mati. Pero ahí es donde se mira la amistad, ahí se le mide el temple al hierro. La cosa es que Tavo lo subió, como pudo lo encaramó sobre el borde de la lancha, y de un solo arrancaron en dirección al muelle público de Santa Catarina Palopó.

Yo fui luego a ese muelle, a las cuantas semanas, para averiguar con la gente de ahí lo que había pasado. Y los pescadores me contaron que la lancha venía tan rápido que casi se estrella contra el muelle, apenas les dio tiempo a un par de ellos de sacar sus cayucos del paso. Lo que más les sorprendió fue el cuello de mi hermano, me dijeron. Se le había hinchado tanto que en realidad ya no existía, como si el mismo cuerpo le naciera de la cabeza. Era un hombre lagarto, me dijo el hombre que lo describió, con las venas azules regadas por todo el tronco.

La gente se arremolinó en el muelle con los gritos de Tavo. Pronto llegó la ambulancia del pueblo, un *jeep* reconvertido en vehículo de emergencia. Entre varios montaron a mi hermano en la camilla, pero era demasiado largo y al meterlo en la cabina no cabía. Así que lo acomodaron en diagonal y tuvieron que dejar la cajuela abierta para darle espacio. Tavo me dijo que la gente a la par de la carretera se persignaba cuando los veían pasando, los dos pies desnudos rebotando sobre la orilla del baúl abierto.

Yo estaba en el jardín de la casa cuando sonó el teléfono. Escuché un grito y luego otro y cuando entré a la sala mi mamá estaba en el suelo. Mi papá intentaba consolarla, arrodillado junto a ella. Fue extraño: por primera vez en mi vida los vi así, desde arriba, sus cuerpos torcidos por la angustia. Al verme mi papá se levantó y se sacudió las rodillas con las manos. Mati está mal, me dijo. De un momento a otro se taparon mis oídos. Entre la sordina, oí que mi papá mencionaba algo sobre los pulmones de mi hermano, una cámara de descompresión en Miami, la urgencia del viaje para arreglarlo. ¿Arreglarlo?, pregunté, pero mi papá solo vio al suelo y tomó a mi mamá por el hombro. Ahí abajo, ella se agarraba la frente con las manos.

Ese fue nuestro último viaje en familia. Mi papá llamó a varios de sus amigos—esos amigos que lo olvidarían de un día a otro—, y uno de ellos contactó a un conocido que tenía un avión. Así era en esa época: existían conocidos que tenían un avión. El hombre consintió alquilarle su pequeño jet de cabina presurizada, por un módico precio que luego contribuyó al debacle financiero de la familia. Así que ahí estábamos, en plena pista del aeropuerto, esperando junto a un doctor y con mi hermano en la camilla. Se encontraba completamente cubierto por sábanas, con mascarilla de oxígeno y tubos conectados al cuerpo. El doctor nos dijo que nada era seguro, que en Miami sabríamos qué posibili-

51

dades tenía. La presión ahí arriba sería un problema, dijo, y señaló al cielo.

Lo fue. Nos tocó una tormenta y el piloto tuvo que ascender a cuarenta mil pies, montándose sobre las nubes. Y eso hizo necesario subirle la presión a la cabina. El médico le dijo a mi papá que así no aguantaría, no señor, la presión era demasiado alta para sus pulmones. Lo vamos a reventar, empezó a decir el médico, lo vamos a reventar, repetía con más fuerza. Aguardamos alrededor de mi hermano, en la cabina reconvertida del jet, preguntándonos cuánto resistiría ese cuerpo. Y mi papá le gritaba al piloto que bajara la presión, y el piloto le gritaba de vuelta que no podía, que entonces reventábamos nosotros. Así que seguimos, cabalgando las nubes negras, con el piloto bailando en un pie, el médico sudando, y nosotros tres agarrados a la camilla con tenacidad, suspendidos, flotando en ese insólito lugar, esperando que amainara la tormenta.

DE REPENTE, PERLA

*E*ra época de zafra y por eso ardía el cañaveral. Desde aquí hasta las montañas se veía el fuego. De día flotaba la ceniza y se pegaba al pelo, al bigote, a las pestañas. Todos andábamos ennegrecidos. Al quinto día llovió. No llueve en diciembre, pero esa vez llovió tres días sin parar. Se empantanó la caña entre el lodo y la ceniza. Nadie trabajaba ya, nadie cortaba la caña. Eran días extraños. Fue entonces que nació Perla, la vaca que quería ser perro.

En mi primer dibujo de Perla la vaquita aparece de perfil. Atrás suyo todo está embarrado de ceniza; la sonrisa de Perla brilla blanca y nítida en la oscuridad. ¿Qué te parece?, le pregunté a mi hijo luego de hacerle los últimos retoques. Vio el dibujo y volteó a verme con esa cara que me recuerda a su madre: No se encariñe, dijo, es una vaca, papá. Con eso se fue a cortar la caña junto a los otros trabajadores, y yo me quedé delineando la cola con el carboncillo.

A Perla no la quiso su madre. Desde el primer día le negó la teta. Se acercaba Perla muy mansa y la madre la desalojaba con un movimiento de cadera. ¡Tas!, y la Perlita que salía despedida. Empezó a adelgazar. Yo me fijé desde el principio, la llevé con otras vacas que andaban con crías, vacas que tampoco la aceptaron. Fui a consultar con el patrón. Necesita un biberón, le dije, uno de esos biberones grandotes para darle leche tibia. Don Henrik me miró ladeado y con algo de sospecha, pero me confiaba ese patrón. A los dos días la estaba alimentando ya, dándole de mamar con un enorme biberón que chupaba a borbotones.

La tratamos de regresar con su resto, pero a Perla no se le daba el ganado, y al ganado no se le daba Perla. Tuvo compasión Don Henrik. Tráigamela al jardín de la hacienda, dijo, ahí la vamos criando, agregó, y fue ahí que Perla conoció a Derrepente, el perro mestizo que de repente había aparecido en la finca unos años atrás. Se hicieron cuates al instante. Pura química. Nada romántico, solo amigos. Cómo jugaban, cómo se revolcaban en ese jardín Perla y Derrepente.

Aprendió a pararse en dos patas después de tanto ver a Derrepente hacerlo. Calcado, si me pregunta a mí. Porque hasta el mismo bailecito hacía para quedarse parada, moviendo un piecito para delante y otro para atrás, uno para delante y otro para atrás. Raro ver eso, la ternera en dos patas y haciendo su equilibrio. Se la pasaban juntos todo el día, se reían juntos también. No me pregunte cómo, pero cuando me iba acercando al jardín los veía de lejos y juro que se mataban de la risa esos dos condenados.

Nuestra finca era de melón, pero todo alrededor eran extensiones de caña que pertenecían

54

al ingenio. En esas tierras laboraba mi hijo junto a otros jornaleros. Trabajaban duro macheteando el día entero, animados con pastillas que repartía el capataz. Anfetaminas, eso les daba. Ya a la vuelta de la jornada venían con las pupilas enormes. En el dibujo *Hijo otra vez* aparecen esos ojos, esas pupilas alocadas, aunque mi hijo no quedó contento con el retrato. Qué feo está, papá, mala le salió la gracia. Sostenía el papel a distancia, pellizcándole una orilla. Le dije que la culpa no era del dibujo: la culpa es mía y de tu madre, no culpés al arte. Soltó el dibujo, dejó que cayera al suelo y salió de mi ranchito sin decir palabra. Tanta pastilla le ha quitado el buen humor.

Los trabajadores del ingenio acostumbraban pasar frente a nuestra finca al final de la jornada, cuando iban de vuelta a sus champas. Así se fueron encariñando con la Perla, que se aparecía en el jardín para saludarlos. Hinchados de trabajo y de pastillas caminaban, y Perla que les movía la colita, les sonreía, se paraba en dos patas para despedirlos. Que baile, le pedían, que baile, gritaban los menos cansados, y Perla los premiaba con un pasito para delante y otro para atrás, uno para delante y otro para atrás.

Ni modo, Perla empezó a crecer. Se hizo grande en cosa de un año. Igual iba a la terraza del jardín a descansar, se echaba con las patas desparramadas, la trompa plana sobre el ladrillo, los ojos turnios del puro placer. Cómo le gustaba que le hicieran cariño detrás de la oreja, mugía quedito la Perla con esas atenciones. A la par de ella se tiraba Derrepente, iguales los dos. Se-

55

guían de cuates, pero cuando se revolcaban se veía que el perro andaba con más cuidado, amagaba ante el cuerpo de Perla. Ya poco se paraba en dos patas la vaca, muy grande estaba, pero aun así daba unos brinquitos de lo más agraciados.

El mismo año en que Perla dejó de crecer llegaron las primeras máquinas cortadoras al ingenio. El trabajo de cien hombres lo hacían en mitad del tiempo. Cómo podaban esas desgraciadas, cómo destazaban la caña con sus aspas de acero. De un día para otro empezaron a echar a los trabajadores, pero el sindicato se plantó, y a finales de ese año se armó el relajo. Eligieron la época de zafra para dejar el machete y juntos se lanzaron a la huelga, juntos marcharon entre la caña.

56

Pasaron frente al jardín de la hacienda esa vez, los niños y los hombres bien alborotados, mi hijo entre la marcha y gritando con el resto. Fue ahí que Perla se lució. De un brinquito saltó el arriate para ir a meterse entre el gentío, mugiendo de lo más amigable y dejándose sobar por todo el mundo. Movía la colita, agachaba la cabeza y luego la levantaba con mugidos de pura alegría.

Quedó claro lo que ya todos presentíamos: Perla estaba con los trabajadores.

Los meses que siguieron estuvieron jodidos. La gente empezó a incendiar las máquinas cortadoras. La primera la agarraron en enero, una noche en que prendió fuego todo un bodegón del ingenio. Desde aquí se veían las llamas, se escuchaban las sirenas como si la misma caña se estuviera lamentando a gritos. Don Henrik estaba quedándose en la hacienda esa vez y salió a la terraza a ver qué pasaba. Ahí nos mantuvimos los dos muy quietos, parados en el resguardo de nuestra propia finca. Usted se me queda aquí, dijo, ni se le ocurra ir a meterse allá. No estaba yo tan viejo todavía, pero los bochinches eran cosa de otros tiempos. Ya mucho había dado yo al sindicato en la ciudad. Ahora le tocaba a mi hijo dar la lucha. Las llamas iluminaron la noche: entre la oscuridad noté la mirada brillante de Perla, sus ojos encandilados por el fuego.

Lo que vino luego era cosa de tiempo nomás. Los dueños del ingenio se trajeron a gente de oriente para patrullar el cañaveral. Malas personas eran esas. Yo con oriente no tengo riña, pero esos hombres llevaban la muerte en la jeta. Al poco tiempo empezaron a caer los sindicalistas. A dos de los principales los balearon, ahí mismo en sus ranchitos les fueron a meter plomo. A un tercero le mataron al hijo, un patojo que ya andaba metido en el asunto también. Y así parecía que el relajo tocaba fondo, porque esos golpes los dieron en cosa de unos cuantos días nada más.

57

Poco se mira en mis dibujos de esa época, como si el mismo carboncillo se hubiera encabronado con la hoja en blanco. Solo a Perla la tengo bien delineada o, más bien, la sonrisa y la energía de Perla, porque llamaba la atención la inquietud de la vaca, un ir y venir más de perro que de res.

Cuando apareció la Antorcha Justiciera para hacerle frente a tanto agravio, la gente ya estaba hablando de dejar la huelga y regresar al trabajo.

Hacía falta la comida. Pero el rumor de la Antorcha corrió como el fuego en plena zafra: son veinte mugrientos, empezaron a decir, tal vez más, pero a pura antorcha se están cobrando una vida de afrentas.

Fantasmas, esa sensación daban. Porque los condenados corrían y corrían entre la caña, aparecían con sus antorchas y en un dos por tres se esfumaban, dejando fuego y desorden nomás. Salían los matones por un lado de la finca y la Antorcha aparecía del otro: robaron fertilizante, atrancaron las máquinas del ingenio, le prendieron fuego a las cortadoras. Buena plata perdió el ingenio esa temporada, entre tanta quema y tanto robo.

Yo supe quiénes eran por Derrepente. Ese perro tenía un par de amigos entre los cortadores de caña; supongo que así terminó enrolado en la Antorcha Justiciera él también. Leal era ese Derrepente: leal con el despelote, porque la travesura la llevaba en el alma. Era de color canela, pero en las mañanas empecé a encontrármelo negro, enlodado de cola a trompa. Solo los dientes blancos, la pura sonrisa me lanzaba el muy chistoso. Derrepente, le gritaba yo, pero antes de alcanzarlo ya se había metido entre la maleza.

Escuché su correteo una noche de luna llena. Ya le conocía los pasos al Derrepente, porque tenía una pata cuta y corría como a trompicones. Cuando salí a ver iba llegando con dos de los mugrientos, él a la cabeza: el muy canalla los había traído de vuelta a la hacienda del patrón. Me tomó un segundo darme cuenta que uno de ellos era mijo. Directo al cobertizo donde guardábamos la leña se fueron a esconder, frente a la terraza del jardín.

Al llegar los matones ya todo era silencio; lo cierto es que la cosa no estaba para hacer presencia. Emputados venían esos hombres, con ganas de cobrarles las costillas a los malandrines. Y el patrón por ninguna parte, nadie para hacerles frente.

Derrepente más jodido, pensé. Mijo más jodido. Caña más jodida, pensé también.

Cuando salí de mi covacha los matones ya estaban cortando el alambre de la cerca, listos para entrar sus caballos a la finca. ¿Qué quieren?, salí diciendo, esto es propiedad privada. El primer matón ni se dignó a responder. De un tajazo cortó el alambre y mientras iban entrando alcanzó a decir: Si los encontramos por aquí usted también se fue feo.

Algunos le dieron la vuelta a la hacienda, pero el jefe de ellos se bajó del caballo y ahí se quedó muy quieto. Tomándose su tiempo. Y entonces se le tensó el cuerpo como un alambre de púas. Volteé a ver a donde miraba y por ahí venía Perla, de algún lugar del jardín había aparecido. Fresca y rápido avanzaba la vaca, directa hacia el hombre.

Era bonita esa bestia, no digo que no, pero bajo la luna llena refulgía como santa en pascuas. Tan blanca que brillaba. Y coqueta, amigable, con personalidad. Así era ella. Se acercó tanto y con tanta confianza que el jefe pareció desubicarse, tomó un paso para atrás. Si sus hombres no hubieran estado ahí, estoy seguro que hasta el arma desenfunda.

Pero Perla era una vaca, y ante una vaca no hay que acobardarse.

A un metro paró. Se acercaron un par de matones y la observaron. Perla lanzó un mugido al cielo y empezó a darles la vuelta la muy confianzuda. Uno de los hombres dijo algo, palabras duras, pero el resto siguió quieto, tan curiosos como yo. Porque Perla los miraba como mira una persona. No como mira una persona cualquiera: como mira una mujer, una mujer que se sabe vista por un hombre. De esas mujeres que le agarran a uno la mirada y se la cachetean de vuelta. Así miraba Perla.

¿Y aquí qué?, empezó a decir uno de los tipos.

Ni tiempo le dio de seguir. Perla dejó de caminar y lo miró de frente. Perla frente a ellos, Perla frente al mundo. Tomó un par de pasitos hacia atrás y con el mismo empuje echó todo el cuerpo hacia arriba: fácil se vio el asunto, serena la Perla poniéndose de pie. Ya en dos patas pareció equilibrarse, como asentando el peso sobre los tacones. Y entonces dio dos pasitos hacia el frente y los hombres se hicieron para atrás, abriéndole cancha. Cayó blando, Perla, como una sábana.

Vaya circo, dijo uno de ellos. Lo admito: sentí un calor en las tripas, algo sabroso que me subió por el cuerpo. Orgullo, algo así será lo que sentí.

Es su jardín, dije acercándome. El jefe me volteó a ver, volteó a ver a Perla otra vez. ¿Su jardín? Es que es especial, le dije, no le gusta que se meta gente a su jardín. El jefe escupió al suelo y le señaló a los hombres los sembradíos de melón, la hacienda, el cobertizo. Me revisan bien, dijo, y usted se me queda aquí, viejo, sea de quien sea este jardín.

Esa gente de oriente era dura, curtida. Conocían de ganado: estoy seguro que en su vida habían visto a una vaca levantarse así. Peinaron la zona y salieron del otro lado de la finca; mientras tanto, me dediqué a arreglar el alambrado de la cerca. Eché un vistazo pero mi hijo y el otro mugriento no estaban por ninguna parte. Seguro que entre tanto alboroto habían logrado salir. Ya que iba regresando a mi covacha me encontré al Derrepente a la par de Perla. Bien juntitos, como hablando estaban, y pensé en ir a darle una buena patada al perro. Pero algo me detuvo; demasiado a gusto se veían los dos, tan cuates ellos, moviendo sus colitas en círculos, como sincronizados.

61

El rumor me llegó al par de días: que con la Antorcha iban siempre un perro y una vaca endemoniada. El perro liderando, la otra a la retaguardia. Que se reían esos dos animales, que la pasaban a lo grande, que conocían esas tierras mejor que nadie. Carcajeándose todo el tiempo la vaca y el perro: dando brincos alrededor de las máquinas en llamas mientras se carcajeaban. Eso decía la gente.

Pues ni modo: los matones regresaron a los cuantos días por la noche.

Borrachos estaban los hombres, a mí me amarraron de un solo. Dónde está la jefa, decían, dónde está la jefa, gritaban riéndose. Pero risas agrias eran, risas maleadas. Las manos a la espalda y la trompa al suelo; así me embarraron en el lodo a la par de la hacienda. Poco pude ver, pero vi lo suficiente. El mero jefe se metió al jardín y Perla se acercó muy mansa, moviendo la colita, adormilada todavía. El hombre le rascó detrás de la oreja, le sobó el lomo, y ahí mismo dio la orden: Me la cogen, dijo, pero bien cogida. Escuché que la vaca mugía mientras le amarraban las patas. Entre tres la detuvieron, y uno de los hombres agarró un leño, del mismo cobertizo en el jardín fue a sacarlo. Me dolieron hasta el alma esos mugidos, alaridos eran, cómo me dolieron. Ya que se iban pasó uno de los tipos a darme un patadón. No se preocupe, me dijo, igualita va a quedar su yegua, nomás que ya no tan brincona.

Si no se desangró fue por milagro. Yo no sé qué sintió Perla —vaya uno a saber qué se sentirá algo así, qué sentirá un animal en un momento así—. Pero algo le mataron. Porque era coqueta, Perla, era orgullosa, y lo que hicieron fue aplastarle esa elegancia de un leñazo.

La huelga terminó a las cuantas semanas. Algunas mejoras lograron los trabajadores, una subidita al sueldo y poco más. Dejaron de traer nuevas máquinas cortadoras, que igual solo servían para terrenos planos. A veces la tierra no se aplana por mucho que le pasen el rodillo.

Nuestra finca se vino abajo al poco tiempo. Se cayó el precio del melón y Don Henrik tuvo que venderlo todo. A mí me habló, me dio las gracias, me apretó la mano con fuerza. Así es la vida, dijo. Ve pues, pensé, y yo sin enterarme hasta ahora. Al día siguiente juntó a los campesinos para agradecerles, y ahí dio el discurso de despedida. Lo escuchamos en silencio, yo y el resto de la gente. ¿Y Perla? preguntó una voz al fondo del gentío. El patrón vio para abajo, como apenado: Lo que queda del ganado tiene que irse al rastro, dijo. Hay deudas que saldar. Al fondo, en el jardín a la par de la hacienda, Perla movía su colita.

Terminé viniéndome a mi pueblo, a dos leguas nada más de donde estaba la finca. Aquí me he dedicado a mis dibujos, viera el tiempo que les meto ahora. Estoy trabajando unos retratos de Perla, aunque no me convencen todavía. Tantos intentos y siempre la pobre Perla atrapada en el dibujo, inmóvil parece. Así no era ella. En eso coincidimos con mi hijo. Hasta a la pobre Perla malogró con sus dibujos, me dijo viendo los bosquejos.

63

Me cuentan que Derrepente se mantuvo por ahí, yendo y viniendo entre los cañaverales, haciendo sus travesuras. De vez en cuando se aparecía por la hacienda, convertida ya entonces en un bodegón, y se echaba en la terraza del jardín. Ahí mero, en el mismo lugar donde Perla se tiraba, se echaba él con las patas desparramadas y la trompa sobre el ladrillo. Buscando compañía, me imagino, la compañía que se busca en el recuerdo. Vaya uno a saber si la encontró.

Yo digo que sí.

GÜISQUI

*E*sa noche, Mati despertó con los chillidos del perro. Se sacudió las sábanas, húmedas de sudor, y caminó descalzo a la cocina. En la oscuridad, pudo ver al cachorro gimiendo junto al ventanal. Quería salir al patio, eso estaba claro, pero Mati aguardó en el umbral y se quedó observándolo. Casi suena humano, pensó. Al cabo de un rato se acercó para abrirle, pero frenó al sentir que su pie chapoteaba sobre algo mojado. El olor a orina le llegó un segundo después. Levantó la mirada hacia el animal, que ahora movía la cola, y aunque estaba oscuro podría haber jurado que sonreía.

Mientras esperaba a que orinara afuera, abrió una gaveta tras otra hasta encontrar una cajetilla de cigarros. Las iba dejando por distintos rincones de su casa—en repisas de la cocina, el estante del baño, debajo de la pila—y le daba gran satisfacción descubrir alguna olvidada. Su patrocinador le había dicho que no era recomendable hacer eso, que comportamientos así facilitaban las recaídas, pero el perro chillón también era un regalo de su patrocinador. Ya habían pasado tres días y aún no se le ocurría un nombre para el animal. Pensó en eso mientras se inclinaba con un trapo para limpiar el suelo, y siguió dándole vueltas mientras lo enjuagaba y escurría sobre el lavadero.

Abrió el ventanal y el perro lo volteó a ver, las orejas repentinamente despiertas. Había una chispa burlona en su mirada, como si supiera algo sobre Mati que él mismo ignoraba. Olfateó el aire a su alrededor, movió la cola por lo bajo y fue acercándose pasito a pasito. Justo antes de entrar salió disparado hacia delante, escabulléndose entre sus pies. Mati cerró el ventanal, dando por finalizada la visita, y en ese instante supo cuál sería su nombre. Güisqui, dijo quedito, y luego, volteando para buscar al animal en la oscuridad, lo repitió en voz alta: Güisqui.

La ex esposa de Mati llegó ese sábado para dejarle a su hija. Habían acordado un plan de visitas—dos fines de semana al mes—y Mati dedicó la mañana entera a ordenar la casa y limpiar. Desde su recuperación, hacer la limpieza le producía una serenidad insospechada. Si tan solo lo viera su ex esposa, pensó, quizás hasta se animaría a aceptarlo de vuelta. Luego recordó las razones de la separación. Tomando el trapeador con fuerza se puso a fregar el suelo, poniéndole atención particular a cada baldosa.

Pía tenía cinco años y llevaba puesto un moño rosado que no se quitaba ni para dormir. Mati se lo había regalado antes de que la vida se le hubiera desmoronado pedazo a pedazo, y verla con el moño en la puerta de entrada hizo que algo se le estrujara por dentro. Pero Güisqui

apareció en la sala y la niña salió corriendo hacia
el cachorro, que de inmediato huyó despavorido.
A unos pasos de la entrada, su ex esposa ojeó el
interior de la casa. Luego se fijó en Mati, atenta
a sus ojeras y sus brazos cruzados, la cajetilla
asomando del bolsillo de su camisa. Te ves bien,
le dijo, y Mati se lo agradeció, pero cuando se
alejó de regreso al carro notó que lo volteaba a
ver. Mati reconoció esa mirada.

Pía no dejó en paz a Güisqui el fin de semana
entero. El cachorro estaba feliz, por mucho que
saliera huyendo cada vez que la niña soltaba uno
de sus pequeños alaridos. Lo sacaron a pasear
cinco veces en esos dos días, y Pía exigió llevar
la correa ella misma. Le daban vuelta tras vuelta
a la colonia, caminando por la calle que bordeaba
al barranco. A Mati le tomó algún tiempo identi-
ficar lo que sentía hasta entender que era felicidad, felicidad pura y llana, emancipada de esas
otras sensaciones que lo acompañaban cada día.
No hubo manera de que Pía recordara cuál era
su casa—todas son iguales a la tuya, papá, se
quejó—y Mati se alegró de que estuviera saliendo tan similar a su ex esposa, con todo y su
lamentable sentido de orientación.

Empezó a ansiar los fines de semana junto
a Pía y Güisqui. Nada cambiaba en esas visitas
excepto el tamaño del perro, que crecía a una
velocidad alarmante. Pronto descubrió a su hija
montándolo, dando vueltas alrededor de la sala
mientras sostenía la cola del animal con una
mano, convencida de que así lo piloteaba. ¡Arre,
Güisqui, arre!, exclamaba la niña, y el perro
levantaba la cabeza y avanzaba de lo más orgu-

lloso. Mati se mantenía sentado en el sillón, hojeando una revista sin perder de vista a su hija, seguro de que en otra vida ella era una princesa, y Güisqui, también en otra vida, su corcel.

Pero Mati recayó, a pesar de la buena racha, y se encontró de un día a otro acodado en una cantina, junto a un vaso nuevamente lleno sobre la barra. Empuñó su pelo sucio con fuerza, apretando hasta hacerse daño. Por un momento pensó que estaba perdido: los fulgores regresarían—vería arder, como desde una gran distancia, los muelles del mar muerto que llevaba adentro. Vació el ron de un trago. Con la oscuridad llegó también el olvido, y cuando pudo abrir los ojos, al par de días, se encontró en su casa, tirado sobre la losa fría de la sala. Su patrocinador lo miraba desde arriba, las cejas cansadas. Lo ayudó a incorporarse y Mati se sentó sobre el sillón. Todo el cuerpo le dolía, y cuando alzó la mirada vio a Güisqui sentado en la esquina opuesta, su pelambre sucio y la mirada opaca. ¿Qué habría visto? Quieto como estaba, con un desinterés que bordeaba la insolencia, el perro parecía un antiguo dios pagano, el ídolo de una cultura que nada le debía a Mati.

Al día siguiente regresó a las reuniones del grupo. Se dedicó de lleno a la recuperación, pensando en la inminente visita de su hija ese fin de semana. Pía llegó el viernes con una maletita en una mano y un sombrero de playa que le quedaba demasiado grande. Cuando Mati abrió la puerta se abalanzó contra su pierna y la abrazó con fuerza. Puso una mano sobre la cabeza de la niña. Desde algún lugar de la casa, Güisqui soltó un aullido y Pía salió disparada en busca del perro. Mati y su ex esposa se quedaron frente a frente, y no supo muy bien qué hacer. Se había rasurado esa mañana y por primera vez en meses tenía los zapatos lustrados. Entonces vio que ella estaba maquillada, sutilmente pero maquillada al fin y al cabo, y creyó sentir, esperanzado, el rastro dulce de su perfume. No te olvidés de darle sus vitaminas, dijo ella, y le acercó un ziplock con pastillas. Se quedaron así un rato, sin decir nada, hasta que su ex esposa se dio la vuelta para regresar al carro estacionado. Nos vemos el domingo, dijo alzando la mano mientras se alejaba.

¿Qué tiene Güisqui?, preguntó su hija cuando Mati cerró la puerta. ¿Por qué? Pía le apuntó con el dedo y Mati miró al perro: había recuperado el brillo de su pelo, y le parecía que los ojos no cargaban ya el mismo rencor de antes. Está contento, respondió, llevaba muchos días sin verte. La niña frunció el ceño, miró a Güisqui y puso una mano sobre su cuello. Está como tontito, dijo, pero en lugar de esperar la respuesta de Mati se hincó sobre una rodilla y lo abrazó con fuerza. Güisqui movió la cola pero Mati pudo ver que, desde ahí abajo, también lo ojeaba a él.

Esa noche pidieron pizza y comieron en la salita, Mati en su sillón y Pía frente a él, ocupando la silla plegable que había entrado del patio. Güisqui permaneció sentado a la par de la niña, y Mati no dijo nada cuando la vio acercarle una orilla de rodaja por lo bajo. Supo entonces, sin

69

razón y sin lugar a dudas, que Pía crecería a ser una buena persona, y esta certeza hizo que todo en la salita se transformara de un instante a otro. La luz de la bombilla pareció suavizarse y al mismo tiempo respirar, los muebles se tornaron más acogedores, y el suelo de baldosas ganó en firmeza, como si el mundo privado de las cosas confabulara para cobijar y proteger a su hija.

Terminaron de comer y Mati llevó los platos a la cocina. Una especie de euforia empezaba a recorrerlo a flor de piel, y supo que tenía que calmarse. Tranquilo, se dijo, tranquilo. Le preguntó a Pía si quería que le enseñara a jugar ajedrez—ya se lo había ofrecido varias veces sin éxito—y ante el silencio de la niña aprovechó para ir a buscar el tablero. Se llevó la silla plegable a su cuarto y la puso contra el clóset. Las manos le temblaban mientras escarbaba en el estante superior, y fue al tratar de aquietarlas que oyó el grito. Aguardó unos segundos, confiando en los juegos de su hija y el perro, y al no oír nada la llamó. Pía, dijo otra vez, más fuerte. Nadie contestó, así que se bajó de la silla y salió del cuarto. En la sala no había nadie. Miró en la cocina y se acercó al patio, vacío también, y entonces, al voltear a la entrada de la casa y ver la puerta abierta, escuchó el grito una vez más.

Pía estaba parada a media calle, agarrándose una mano con la otra, y Mati presintió con horror que esa escena se repetiría más adelante en su vida. Güisqui, gritaba la niña, sus ojos llenos de lágrimas. No está, papá, no está, sollozó volteando a verlo. Mati miró hacia uno y otro lado de la calle, las hileras de casitas idénticas agaza-

70

padas hombro a hombro en cada dirección. ¿Qué pasó?, dijo, y Pía extendió la mano hacia un lugar indeterminado. Salió corriendo, abrí para sacarlo y salió corriendo. Mati cerró la puerta de la casa y levantó a Pía en sus brazos. Cargándola, caminó rápido en la dirección que su hija había señalado.

Le dieron la vuelta a toda la colonia, ambos gritando el nombre del perro una y otra vez. La niña tenía los brazos alrededor de su cuello y pudo sentir el calor de las lágrimas contra su cachete. Pero Güisqui no aparecía. Al rato tuvo que bajar a su hija y caminaron de la mano a la garita de entrada. El guardia alzó las manos, desligándose de inmediato. Aquí no ha pasado nada, dijo, ¿no se habrá escondido en su casa? Mati miró a su hija y miró al guardia y tuvo unas ganas súbitas de pegarle un puñetazo en la cara. Se fijó en la calle frente a la colonia, que desembocaba en un bulevar de tráfico pesado. Solo entonces, sosteniendo aún la mano de su hija, sintió una punzada de ansiedad.

Llevó a Pía de vuelta a la casa y le pidió que lo esperara ahí, pero ella quería seguir buscando. Si Güisqui regresa, le dijo Mati, alguien tiene que estar aquí para abrirle. Pía lo consideró, sus cachetes rojos y húmedos, y luego asintió en silencio. Mati salió a caminar por las calles de la colonia, fijándose en cada casa como por primera vez. Le parecieron más feas de lo que pensaba, hogares de incautos como él, convencidos de que iban para arriba a pesar de estar en pleno hundimiento. Si alguno de estos se robó a Güisqui…, pensó, intentando ver a través de las ventanitas en cada fachada. Avanzó por la calle que bordeaba el barranco, gritando el nombre del perro hasta sentir que la garganta le quemaba. Frenó y, respirando profundo, entrelazó las manos detrás de la nuca. Sus palmas estaban empapadas de sudor.

No le quedó más que salir de la colonia. Empezó a caminar por las calles mal pavimentadas del barrio, llenas de baches, desprovistas de banquetas, y tuvo la certeza que de haber salido, Güisqui ya no podría regresar. Pensó en los ladrones y en las ladronas que ahí pululaban, imaginó las gavillas de niños sádicos. Vio a viejitos sentados en botes plásticos frente a las tiendas, sin duda criminales en la intimidad de sus hogares. Luego de buscar en las callejuelas cercanas se acercó al bulevar. Desde la esquina observó los buses que se codeaban contra los carros, carros embistiendo a las motos, motos serpenteando entre el caos. Todo era humo y traqueteo de metal. Gritó el nombre de su perro un par de veces más, con la poca voz que le quedaba, y apenas pudo oírse a sí mismo.

Al entrar a su casa Pía lo miró con ojos enormes y de inmediato se llevó sus pequeñas manos a la cara. Empezó a llorar desconsoladamente, derrumbándose sobre su cuerpo. Se sacudía entre hipos y Mati tuvo que acercarse y acogerla entre sus brazos. Pero la niña se zafó y caminó al canasto de Güisqui. Se metió ahí adentro y siguió llorando hasta caer dormida. Mati le preparó su camastro en la sala, pero no se animó a moverla. Cuando al fin se acercó a ponerle el piyama, ya entrada la noche, pudo ver que sus ojos se movían inquietos tras los párpados cerrados.

Se levantó temprano en la mañana y descubrió a Pía despierta, sentada otra vez en el canasto. La tomó de las axilas y la puso en pie. Oí a Güisqui en la noche, dijo ella, estaba ladrando. Mati se inclinó sobre una rodilla y le arregló el piyama, que se le había arremangado. ¿Dónde lo oíste? Bien lejos, dijo Pía, estaba triste. Hay que buscar más, dijo Mati, y se levantó para ir al refrigerador y sacar la caja de huevos. Quebró tres en un recipiente y empezó a batirlos, pero su hija no dejaba de mirarlo. Vamos, papá. Mati sacó el sartén del gabinete y prendió la hornilla. Para buscar bien hay que comer bien, dijo. Pía bajó la mirada, cruzando los brazos, y se sentó a esperar el desayuno en el canasto.

Afuera el sol caía fuerte y a media cuadra tuvieron que regresar por el sombrero de Pía. Ya en la calle avanzaron de puerta en puerta. Mati pensó en Güisqui, en el vaivén perezoso de su cola, en la reverencia con que acercaba su nariz a su hija. Era un perro demasiado bueno, supo. Los vecinos, antes invisibles, trataron de ayudar más de lo esperado. Pero las palabras alentadoras jugaron en su contra: Pía se entusiasmó con historias de perros superlativos, que recorrían medio mundo para regresar a sus amos. La vio acelerar el paso, golpeando las puertas con su puño cerrado. Caminaron, sudando cada vez más. Cuando el sol empezó a bajar, Mati notó que Pía arrastraba los pies, ya solo atenta al pavimento que iba pisando.

Prepararon sándwiches en casa. Pía no había dicho una palabra desde su regreso, pero Mati notó que lo miraba de una forma distinta. Quizás no había ahí un reproche, quiso pensar, solo un cuestionamiento al que Mati no sabía cómo responder. Comieron en silencio y al poco tiempo Pía cayó profundamente dormida en el sillón. Mati aprovechó para llamar a su patrocinador, cuyo carro podría expandir el radio de búsqueda. Estoy fuera de la ciudad, le respondió, tendría que ser hasta el lunes. Mati murmuró un agradecimiento y luego de colgar salió al patio. Fumó un cigarro, dio una vuelta sobre el cuadrilátero de cemento y prendió otro. Recordó los saltos emocionados de Güisqui cuando le sacaba su recipiente de comida. Había intentado enseñarle a no hacerlo, a no apoyar sus patas delanteras contra los muslos de las personas, pero nunca lo logró. Pudo ver la cara del perro al recibir el golpe en la trompa, su expresión herida y de inmediato alegre, sacudiendo la cola, nervioso y agradecido a la vez. Lo sobrecogió el arrepentimiento. No le pegaría nunca más. Pase lo que pase, pensó, nunca más le pegaría. Quiso quedarse en el patio, pasar un rato con el recuerdo de su perro, pero la presencia de Güisqui se iba evaporando de ese espacio. Pisoteó la colilla del cigarro y escuchó algo a sus espaldas. Volteó y, descubriendo la silueta de Pía entre las sombras de la cocina, abrió el ventanal.

La niña se acababa de despertar y tenía el pelo revuelto, algunas hebras pegadas con sudor a su frente. No había salido del sueño del todo y miraba a Mati, aunque no parecía reconocerlo.

Algo en su cara lo desconcertó. Pía, dijo, pero la niña lo siguió observando sin pestañear, la mirada oscura, incluso altiva. Pía. Sintió que la piel de sus brazos se erizaba. Quiso acercar una mano pero no se atrevió. Pía, repitió una vez más, y la niña volteó la cabeza hacia atrás con un movimiento casi animal, atenta a las penumbras de la sala y de los sueños, al mundo que había dejado y del que apenas empezaba a alejarse.

Un segundo después, su hija estaba de vuelta. Ladeando la cabeza, miró a su papá con algún desconsuelo. ¿Ya regresó Güisqui? Mati se inclinó hacia ella, estudiando su cara, y la abrazó. Todavía no, Pía. Se retiró unos centímetros para verla bien. Su corazón latía fuerte y tenía la boca seca. Pero seguro lo encontramos, dijo. Sintiéndose sucio, mentiroso, apretó a su hija contra sí. Al rato se levantó y respiró el aire fresco de la noche. La niña miraba al cielo. Tenemos que decirle a mamá, la escuchó decir. Mati encendió un cigarro, se dio algún tiempo para responder. Busquémoslo antes, dijo. Así somos más, respondió la niña, y Mati aspiró otra vez y sacó el humo con fuerza. Pía acercó su mano, lo jaló de la camisa. Si queremos encontrarlo, es mejor decirle a mamá.

Acordaron que esperarían hasta la mañana siguiente para llamarla, y Mati sintió que un reloj enorme, de proporciones cósmicas, empezaba a correr en cuenta regresiva. Imaginó el saludo cansado de su ex esposa, la vio entrar a la casa, mirando los muebles escasos, atravesando la mínima cocina hasta llegar al patio y entender que ahí acababa todo. Conocía esa expresión con

75

que lo volteaba a ver, la había visto demasiadas veces. Se miró en el espejo, ahora que se lavaba las manos en el baño, y pensó en sus propios gestos, en sus maneras de esconder o revelar las cosas que le sucedían, como si le sucedieran a otra persona.

Pasaron el resto de la noche en la salita. Pía no podía dormir y Mati comprendió que no sabía bien qué hacer con su hija, cómo pasar el tiempo ahora que la ausencia de Güisqui le había tallado un vacío al día. Recordó uno de los libros de niños que acostumbraba leerle, sobre un dragón y las tres princesas de las que el dragón se había enamorado. Fue a buscarlo a su cuarto y al regresar a la salita encontró a su hija dormitando. Luego de ayudarla con el piyama la cargó entre sus brazos para acostarla en el camastro y la tapó con la colcha. Aguardó ahí mismo, y supo que algo oscuro se venía acercando en su dirección. Caminó a su cuarto y se sentó al borde de la cama. Sintió el hormigueo en la punta de los dedos, la marea que empezaba a inundarlo todo. Se agarró la frente con una mano, soltó un gruñido profundo, respiró hondo, soltó otro. Pero eso no liberó la presión. Sabía a dónde tenía que ir, la distancia exacta a los nodos pulsantes donde encontraría desahogo. Se levantó y fue a la sala, y ahí se paró a la par de Pía otra vez. Miró la puerta de la casa. Sus manos sudaban, el interruptor interior se había activado. Caminó al patio, recostó su frente contra la pared. La somató tres veces, cada vez más fuerte. Se hizo para atrás, deslumbrado, sintiendo que su cerebro reverberaba. Trató de encender un cigarro, le dio un jalón y lo dejó caer al suelo. Regresó a la sala. Desesperado, agarró el libro del dragón y se lo llevó a su cuarto. Trató de leer, pero las palabras solo tenían un sentido, apuntaban solo en una dirección, y Mati deseó abrazar la cola del dragón y salir volando de ahí, con el viento rugiendo a su alrededor. Se acostó bocarriba en su cama y puso el libro abierto sobre su cara. Su corazón retumbaba, sintió la respiración húmeda y caliente contra las hojas. Empuñó la sábana con fuerza y confió, sin ninguna esperanza, en que pasaría la tormenta.

No supo cuánto tiempo estuvo así. En algún momento notó algo tibio contra su brazo. Soltó la sábana, que seguía empuñando, y apartó el libro de su cara. Pía estaba parada al lado de la cama, agarrándolo de la muñeca. Oigo a Güisqui, dijo. Mati miró a la ventana y notó que seguía oscuro. Tenía la camisa empapada de sudor. Está ladrando, papá. Mati puso su mano sobre la cabeza de la niña, preguntándose si el ladrido de Güisqui la acompañaría el resto de su infancia, de la misma forma en que algunos fantasmas lo habían acompañado a él por años. Yo sé, Pía, yo también lo escucho a veces. La niña abrió los ojos más. ¡Entonces vamos, papá! Mati se levantó con dificultad, pasándose una mano por la cara, y asintió. Se había acostado en la cama con zapatos puestos y solo tuvo que ponerle el suéter a Pía para estar listos.

Afuera todo estaba muy oscuro, y fue necesario regresar a la cocina por una linterna. Al salir otra vez creyó oír algo. Aguardó unos segundos, sosteniendo a Pía por el hombro, pero no escuchó nada más. La niña volteó para sonreírle, las cejas alzadas. ¿También lo oíste? Mati la observó, buscó a ambos lados de la calle, y su cuerpo se sacudió involuntariamente. Debería haber traído un suéter él también. ¿Por dónde querés buscar?, preguntó a su hija, y la niña señaló a la derecha sin titubear. Cerró la puerta con llave, y al tomar unos cuantos pasos escuchó otro ruido similar. Pero no podía ser. Caminó con Pía en la dirección señalada y su hija tomó la delantera, avanzando a medio pavimento. Los postes con bombillas de neón, espaciados a lo largo de la calle, iluminaban pequeñas áreas con su luz polvorienta. Pía volteó a verlo –su índice señalando el camino– y a Mati le pareció que esta pesadilla ya la había vivido. Entonces escuchó el ladrido. Era un hilo de ladrido, llegando desde una gran distancia, pero en el silencio de esa hora no podía ser otra cosa. ¡Güisqui!, gritó su hija. Empezó a correr por la calle, a la par del barranco, y Mati recordó, en un súbito ataque de pánico, leyendas sobre los aullidos con que ciertos seres condenados atraían a sus víctimas. Pía, gritó él entonces, apuntando al frente con la linterna, mientras su hija desaparecía entre la oscuridad. Para entonces él también corría, y al alcanzar a la niña oyó el ladrido otra vez, un ladrido que solo podía ser de Güisqui. Frenaron mientras se acercaban al borde del barranco. Mati le pidió a Pía que esperara ahí y avanzó paso a paso. Miró sobre la orilla, pero la luz de la linterna se perdía en la profundidad del fondo. Gritó el nombre de su perro y su perro respondió. Eran ladridos cargados de desesperación, más parecidos a lamentos, pero eran de Güisqui. Pía gritó de vuelta y Mati también, y Güisqui respondió una vez más. Esperá aquí, Pía, esperá aquí que ahorita vuelvo.

La pendiente era pronunciada, hecha de tierra polvorienta a la que se aferraban algunos arbustos. Resbalando hacia abajo, casi botando la linterna, Mati fue descendiendo. Al otro lado del barranco se vislumbraba una tenue claridad, y no supo si se debía al inicio de la madrugada o al brillo sucio de la luna. Tropezó y en un segundo se supo rodando hacia abajo. Si una mata rugosa no hubiera contenido su caída habría seguido de largo hasta el fondo. Se llevó la mano a la cabeza, adolorido, luego se puso de pie con dificultad. Al tocarse el brazo sintió un ardor intenso, y ya no encontró la linterna. Escuchó otra vez el ladrido de Güisqui, ahora mucho más cercano, y oyó algo más. Puso atención y una oleada de pestilencia lo inundó todo. Eran aguas negras, el llanto oscuro de la ciudad corriendo al fondo del barranco.

La bajada se hizo más empinada y tuvo que ir agarrándose a lo que tuviera a mano. Pronto entendió que los arbustos eran de chichicaste, porque sus palmas ardían y los dedos no cabían en su piel. Sorteó unos matorrales, tratando de buscar la mejor manera de continuar, pero no encontró dónde poner el pie. Gritó el nombre de su perro y entonces vio que más abajo, a unos cuantos metros, algo se movía. Güisqui, dijo otra vez, y el gimoteo del animal cortó la fetidez tibia del aire. Se acercó a la orilla y fue deslizándose hacia el fondo sobre la tierra arenosa, trayén-

79

dose consigo parte del paredón. Cayó sobre el agua que cubría la arenilla, sus zapatos chapoteando, y logró sostenerse con unas piedras que salían de la tierra como enormes dientes prehistóricos. Empezaba a acostumbrarse a la oscuridad cuando vio al animal. Le pareció, por un momento, una criatura de otro mundo, avanzando hacia él sin atender a lo que lo rodeaba. El agua corría delgada sobre la arena, los paredones altos a los costados, restos de recipientes plásticos formando islotes entre el riachuelo. La criatura se acercó paso a paso, haciendo un ruido que no era exactamente animal. Mati se hincó sobre una rodilla, agarrándose a una piedra, con el agua tibia mojando su pantalón. Extendió una mano hacia el frente y esperó, su corazón desbocado, lleno de terror y de esperanza, a reunirse con el animal.

La isla de Ubaldo

Por ahí entraron, dice Ubaldo señalando los cocales a la distancia. Vinieron de la carretera hasta la playa, metiéndose en terrenos baldíos para llegar a donde estamos parados. Eran varios, dice viendo ahora a Andrés, ocho o nueve, y se bajaron armados de las camionetas. Bueno, todos armados, excepto el abogado.

Usando el dedo gordo del pie izquierdo, Ubaldo dibuja círculos sobre la arena oscura. Usted sabe, Andrés, que uno está aquí para servirle al patrón. Pero cuando uno mira armas así, dice levantando la vista, las cosas van tomando un calibre diferente. Los ojos de Ubaldo son grisáceos, un poco como el mar sucio que revienta contra la playa. Me sentaron ahí nomás, dice apuntándole a la mesa bajo el ranchón, y empezaron a hablarme de su padrastro, Andrés, del patrón. Aunque no hablaban todos: unos se fueron a darle la vuelta a la casa, otros se apostaron bajo el ranchón, y era solo el abogado el que aquí estaba para hablar.

Andrés saca dos cervezas de la hielera azul y le alcanza una. Se recuesta en la hamaca y le indica a Ubaldo que tome la otra, pero Ubaldo solo abre la lata y espera, se queda un rato escuchando el mar, las olas que estallan y regresan sobre la playa. Por fin le da un trago a la cerveza, la pone en el suelo y en un mismo movimiento se desliza entre la hamaca.

Fue complicado, dice desde ahí.

Hora y media me tuvo el abogado y yo meneándome de lado a lado, pura anguila, haciéndole el juego al abogado: si me pongo duro ahí mismo me fui feo. Que su padrastro tenía deudas, Andrés, eso estaba diciendo, que su padrastro no tenía palabra y que por eso venían ellos, a cobrarle la palabra mal pagada. Firme ya, decía el abogado con la pluma en mano, firme aquí, Ubaldo, casi puyándome con la pluma, porque si no firma va a ser usted el que nos va a quedar mal. Usted sabe que dueño del terreno no soy yo, le decía al abogado, el dueño es el patrón, ya quisiera yo poder firmar. Yo solo vivo aquí al lado en mi ranchito, solo cuido de la casa y le hago los remiendos al ranchón, ¿cómo voy a andar firmando yo el terreno?

Enojado el abogado, Andrés, y listo, se las sabía bien el condenado. Que no me preocupara, decía, que todo estaba preparado en el Registro, con mi firma ya era más que suficiente; me ofreció dinero, mucho dinero. Cinco mil pesos, me dijo, cinco mil pesos te pagamos, Ubaldo, vos solo firmá y aquí te mantenemos, tu mismo trabajito y tu mismo ranchito y tus cinco mil pesos al mes por cuidar del terreno. Esa firma era solo para el visto bueno, Andrés, para asegurarse de que aquí, en la costa, no les íbamos a dar problemas. El abogado sabía que su padrastro ya no me podía pagar nada, bien enterado estaba el abogado sobre la situación delicada del patrón.

Después de parar aquí siguieron a otros terrenos más adelante, en la playa también, y ahí le pidieron a algunos de los muchachos, a los cuidadores, que echaran el ojo y nos tuvieran controlados. Pero esos muchachos son de por aquí también, son de Monterrico y por eso es que son leales. Solo uno aceptó, un chavito que venía del altiplano y le cuidaba el *chalet* a Don Vinicio Gutiérrez. Medio sonso el chavito, yo lo conocía porque en Monterrico todos se conocen, pero éste era algo lento, llevaba una mirada como acobardada todo el tiempo, y con unos pesos ya lo habían doblegado. Supongo que el chavito tampoco estaba enterado: aquí en Monterrico nos cuidamos entre nosotros, pero él venía del altiplano y por eso no supo a tiempo, no entendió que recibiendo ese dinero ya se estaba escarmentando.

Tres días seguidos pasé sin dormir, Andrés, desvelado después de la visita de los hombres. Feo eso de no poder dormir, cargar con la vigilia, pensar que uno duerme cuando es el miedo que lo tiene a uno adormecido. Ubaldo hace una pistola con la mano y la levanta sobre la hamaca: con una de éstas me acostaba, dice, a la par de la almohada la tenía cargada. Igual mi mujer y mis hijos ya no dormían en mi ranchito, los había sacado porque el asunto no estaba para tenerlos ahí. Ante esa gente no puede uno andar mostrando a la familia.

Recoge la cerveza del suelo y le da dos tragos largos. Aquí siempre ha habido calma, dice. Su mirada va del mar a los cocales y de vuelta al mar. Estamos rodeados de canales, Andrés, así que esto es una isla en realidad, pegadita a tierra firme pero isla al fin y al cabo. Solo se entra en dos lugares: cruzando el puente por donde vino usted y al otro lado de la isla, cruzando el canal en lanchón. Y así nos mantenemos informados, cuando alguien cruza ya sabemos.

Guardan silencio y la idea de estar en una isla parece irse asentando sobre las cosas: todo se vuelve más precario, todo un poco a la deriva.

Yo le hablé a su padrastro, dice Ubaldo, nomás se fueron los hombres lo llamé al celular. A mí me temblaba la mano, uno es hombre pero en plena llamada empezó a temblar contra mi oreja el celular. Él se tomó su tiempo, usted ya sabe cómo es él, esperando callado al otro lado de la línea, y al final me agradeció, no explicó mucho aunque el silencio hablaba cantidad. Esto es delicado, dijo nada más, esta es gente seria, Ubaldo, le doy las gracias por su apoyo.

Cuando vino a visitarme al día siguiente, directo de la capital, traía un guardaespaldas que se quedó esperándolo en el carro. Me dio la mano con la misma fuerza de siempre y nos fuimos a la playa a tomar un poco de aire. Pero el aire faltaba. A mí me faltaba. Y creo que a su padrastro también, porque le costó empezar a hablar, a contarme de su socio, del que le dio la información a los matones. Me imagino que más de algo le habrá dicho a usted, Andrés, pero esa vez, mientras me hablaba, se puso mal su padrastro. Un hijuesumadre, empezó diciendo, cosa extraña porque no lo he oído mentar madre en mi vida. Un hijuesumadre mi ex socio: si no nos funcionó el negocio fue porque quedaron mal los compradores. Muy tarde me di cuenta del tipo de persona que era, dijo. A gente mala conocía este mi ex socio, gente de su misma calaña, solo que lo que él hacía con la pluma lo hacían ellos con el plomo.

Me cayeron en mi oficina, explicó su padrastro. Eran varios. El jefe del grupo y el abogado y unos matones: tres matones metieron a mi oficina. Ya era tarde. Casi de noche llegaron, cuando no había gente. Solo yo y mi secretaria: ella les abrió la puerta, cuando tocaron salió ella a ver quién era. La amarraron a una silla, fueron duros con ella. A mí me encañonaron en mi oficina y ahí me tuvieron sentado. Un buen rato. Un rato infinito, Ubaldo, así fue el rato que me tuvieron encañonado: infinito. El jefe tenía una peluca que le cubría la cabeza y unos lentes oscuros que mantuvo puestos todo el tiempo. Exigiendo que les firmara unas cuentas. Pagarés también. Y unas acciones de la empresa. Para eso el abogado: el abogado lo puso todo en orden, Ubaldo, el abogado sabía qué pedir y cómo buscar. El jefe solo fumaba, con los lentes oscuros y la peluca y fumando de lo más tranquilo. Sin prisa, Ubaldo, botando la ceniza en el suelo de la oficina. Al final, cuando parecía que se iban, dice el jefe: Y el terrenito también, sabemos que en la costa tiene un terreno. Ese nos lo va pasando, ya luego le hablamos para que nos firme la escritura.

Cuando se fueron era de noche. Me dio una gran tristeza mi secretaria: entumecida estaba, fría la pobre. La desamarré y ahí se quedo sentada, muy quietecita. Mari, le decía yo, ¿estás bien, Mari? Pero Mari no respondía. Hasta más tarde, cuando llamé a Juan, un amigo mío que fue coronel. Juan llegó y me pidió que no tocara nada y empezó a hablarle a Mari. Él la sacó del espanto. Hizo que se levantara, y entre los dos la ayudamos a caminar. Le puse mi abrigo y así comenzamos a dar vueltas, en la misma oficina dimos vueltas. Sobre las cenizas de cigarros dimos vueltas. Caminando. Desentumeciéndola. Ya luego la llevó Juan a su casa y me dijo lo que yo ya sabía: en esto ni metás a la policía. Esta es gente seria, yo te averiguo, dijo. Y ha averiguado, todavía tiene contactos en la institución. Juan me ha ayudado mucho y, efectivamente, es gente seria la que vino a visitarme.

Su padrastro se quedó un buen rato en la playa. Yo le hice compañía, los dos sentados en la arena viendo al mar, pero de ahí en adelante ya no dijo mucho. Solo que el coronel le estaba ayudando, Juan es buena persona, dijo, conoce gente que puede apoyar: el muchacho que traigo en el carro, por ejemplo, es gente de confianza de Juan. A todos lados va conmigo ahora. En mi casa lo tenemos cuidando. A la oficina lo llevo también. Y los conocidos de Juan visitan: que se dejen ver, dijo Juan, que esta gente mire que no estás solo. Desde que todo eso pasó no he vuelto a oír de ellos. Hasta ayer, Ubaldo, hasta ayer que usted me llamó.

Por ahí llegaron la segunda vez, le dice Ubaldo a Andrés, señalando con la mano: a los cuantos días de la visita de su padrastro aparecieron sobre la arena, pero solo en un carro esta vez. A mí ya me habían avisado mis conocidos. Desde que cruzaron el puente me llamaron para decirme que venían tres: el abogado y su secretaria y un matón. Los recibí en mi ranchito, y el abogado se bajó con grandes sonrisas, haciéndose el amigo. Ni modo, le hice el juego al abogado: les saqué sus cervecitas y hasta el matón salió con ganancia, esperando afuera del ranchito con su chela mientras el abogado, la secretaria y yo empezábamos a hablar.

Muy amigable el abogado, solo sonrisas era. Que qué bonito tenía el terreno, que muy bien cuidado el ranchito, que solo en la costa se encontraban hombres como los de antes. ¿Verdad que sí, Jackelin? Y la Jackelin, que estaba sentada en la sillita con su cartapacio sobre las piernas decía sí, licenciado, ya no hay hombre como el hombre de la costa. El abogado le celebraba sus respuestas, tosía un par de risas, y luego salía con que aquí había un problemita, Ubaldo, aquí hay un problemita y tenemos que arreglarlo. Por eso me traje a Jackelin, Ubaldo, ella nos puede ayudar a resolver las cosas, yo sé que usted es de hablar y no de pelearse, y por eso venimos aquí en son de paz. Entre todo esto la secretaria mirándome fijo, muy seria y muy fijo me miraba la Jackelin, con las piernas cruzadas y la faldita negra arrimada al muslo.

Que tenían varias propuestas, dijo el abogado, opciones para facilitar el asunto, y que solo

87

se necesitaba voluntad. Voluntad, repitió: ganas nada más se necesitan, Ubaldo. Se me quedó viendo un rato, dejando que calaran las palabras, y luego sacó su celular del bolsillo. Ahorita vengo, me toca hacer una llamada, tómense su tiempo que ya luego hablamos. Salió el abogado de mi ranchito y ahí nos quedamos la Jackelin y yo, mirándome fijo ella. Con la pura mirada me tenía ahí bien quieto. Y yo haciendo tiempo, tratando de evitarla aunque el calor ya lo traía en el cuerpo; como niño de primaria estaba yo, me sudaban las manos también. Y su mirada me apretaba por todos lados, me apretaba rico; usted me entiende, Andrés.

En eso se para la Jackelin, la falda que se le arrima un poco más al muslo, y empieza a acercarse a donde estaba yo. Le sentía el calor de su cuerpo, Andrés, sentía mi propio calor mientras se iba acercando, mirando alrededor de mi ranchito con una sonrisita que me jodía y me encendía al mismo tiempo. No llevaba prisa, jugaba con uno de sus colochos mientras se me iba preparando el cuerpo a mí. Y esa sonrisita, siempre la sonrisita jodiéndome sabroso. Cuando llegó a donde yo estaba se agachó un poco, puso su mano sobre mi cuello y acercó su cara para hablarme al oído, las palabras tibias en mi oreja: Qué rica se mira esa camita que tiene ahí, Ubaldo, estaría muy a gusto descansar un rato, ¿no cree?

Yo me quedé helado, porque esa camita era la de mi hijo. La que usamos con mi mujer está al lado, pero la Jackelin se había fijado en la camita de mi hijo Brener. Usted ya sabrá de los achaques que ha tenido Brener desde que es un crío, la enfermedad que casi lo mata: yo por eso le debo tanto a su padrastro, Andrés, siempre fue un apoyo, llevándonos a clínicas, trayendo a los doctores, comprando las pastillas. Nunca me cobró un centavo su padrastro. Pues en esa misma cama de la que hablaba Jackelin estuvo Brener muy enfermo. Esa es la cama de mi hijo, le dije, un hijo que ha estado enfermo mucho tiempo. La Jackelin se quedó viéndome. Y entonces le digo: esa cama la ha empapado mi hijo en su sudor, él ha sudado y casi ha muerto en esa cama. Solo eso le dije, viéndola derechito, aguantándole la mirada, por mucho que los ojos negros me encandilaban, Andrés, esos ojos negros se me metían en el cuerpo y ahí me revolvían todo. Y fíjese que a la Jackelin le fue cambiando la cara, no mucho pero algo, con esos cambios pequeños, detalles que convierten a la gente en personas diferentes. Me miró a mí y miró a la camita y entonces vi que era otra Jackelin la que tenía en mi ranchito, ya sin el calor sudando de sus poros, sin el calor saliéndome de los poros a mí, o con un sudor que nada tenía que ver con la calentura del momento. Volteó a ver a la puerta, hacia fuera, y entonces se agachó un poco más para decirme al oído, muy quedito, que no me preocupara. No se preocupe nomás. Solo eso dijo, y luego regresó a su sillita con pasos suaves, agarró el cartapacio que había dejado en el suelo y lo puso de vuelta sobre sus piernas.

Esperamos un buen rato en silencio. En algún momento el abogado asomó la cabeza a la puerta. Metió la cara, echó un buen vistazo, y

89

deslizó su cuerpo sudado a la sombra de adentro. Que acaso no le gustan las mujeres, dijo en voz alta. Jackelin estaba recta en la sillita, con el cartapacio muy quieto y evitando la mirada del abogado. Le dije, Ubaldo, que si no le gustan las mujeres. Miré al abogado a los ojos y le respondí, lo más calmado que pude: Mi mujer, licenciado, ya viene pronto. ¿Entonces la esperamos? Yo ya sabía cómo jugaba este tipo de gente, le tenía la talla bien medida, así que solo le dije que sí, que esperaran lo que quisieran, que aunque sea ya a la noche habría regresado. El abogado soltó el aire, lento lo fue soltando, y luego puso la cerveza a medias en el suelo. Ubaldo, dijo, usted se está metiendo en líos que no le corresponden. Yo solo hago mi trabajo, le dije, qué más voy a andar haciendo. Sabemos que vino a visitarlo su patrón, dijo el abogado, nos enteramos que aquí estuvo hace unos días, no se vaya a andar pasando de listo. ¿Y qué quiere que haga si él viene por su cuenta? El abogado pellizcó su camisa y empezó a airearla mientras veía hacia fuera: entiendo que aprecia a su patrón, Ubaldo, pero también entiendo que aprecia a su familia. Queremos ayudarle a su hijo, sabemos que estuvo enfermo, no queremos que vaya teniendo más problemas ese hijo que tiene. Mi hijo está muy bien, le dije, está sano y bien cuidado. Y así queremos que siga, Ubaldo, sano y bien cuidado: hágame la campaña, Ubaldo, déjese de andar con babosadas.

Me mantuve quieto, tratando de calcular dónde estaba el matón. La veintidós la tenía ahí al ladito, debajo de un cojín. Disculpe, licenciado, pero éste es un asunto para hablar con el patrón, no conmigo. Lo podemos hablar todos, Ubaldo, usted también está incluido en el asunto. El matón se había acercado al umbral y ahí estaba quieto, con las manos en la cintura. Le recomiendo que se vaya preparando, Ubaldo, que vaya agarrando valor para hacer lo correcto para usted, lo correcto para su familia. Cuando venga el jefe, porque viene pronto a visitarlo el jefe, usted va a firmar esta escritura. Se paró y se dirigió hacia Jackelin y le pidió el cartapacio con la mano. Aquí le dejo una copia, dijo, para que la vaya reconociendo, para que vaya aprendiendo de una vez lo que le va a tocar firmar.

Con eso me dio el papel y salió caminando. Jackelin, dijo mientras se iba, y Jackelin se paró con un pequeño salto, sin siquiera verme, y salió caminando detrás del abogado. Yo me quedé ahí sentado, con la espalda empapada en sudor, y hasta que escuché que el carro arrancaba y se iba fue que salí de mi ranchito. La camioneta se alejó por la playa, por el mismo lugar de donde había venido.

Ahí no había de otra, Andrés: esa misma tarde me fui a hablar al pueblo. En el camino pasé por las casas de la familia, llegué a donde mi hermano Milton y le dije que se viniera conmigo, y juntos seguimos a casa de mi prima para avisarle a su esposo Ángelo, que se nos unió también, y por último llegamos al canal a buscar a mi hermano Tono, que se la pasa pescando camarón entre el manglar. Cuatro éramos. Mis dos hermanos, Ángelo y yo. Pero Tono, el de los camarones, cuenta por dos hombres: un hom-

91

brón es él, experiencia tiene a la hora de los trancazos. Así seguimos juntos los cuatro hasta el pueblo de Monterrico y ahí empezamos a juntar a la gente, nos fuimos cada uno a buscar a los meros jefes del lugar.

En un galpón nos reunimos, ahí donde se guardan las lanchas en tiempos de tormenta. Solo había dos lanchas esa vez, apostadas a un costado del galpón, y el resto del lugar vacío: enorme se sentía con el poco de gente reunida ahí. Ellos ya sabían del problema con los matones, el asunto del terreno de su padrastro. Queremos paz en Monterrico, les decía yo, si se meten a la isla nos fregamos todos. Y entendían: solo eso repetían, que entendían, pero que la situación no estaba para hacerle frente a gente así. Que firmara el terreno, decían varios, que el terreno no era mío sino que del patrón. Que a mí me cuidaban, pero poner el pescuezo por terrenos ajenos ya era cosa diferente.

Suerte tiene usted, Andrés, afortunado es de tener un padrastro como el suyo. Porque el patrón siempre fue muy amable, a diferencia de tanto terrateniente aquí nunca fue creído, siempre saludaba a la gente, porque si algo hay que le cae mal a la gente de aquí son los creídos. De eso hay cantidad. Pero su padrastro nunca fue así. A cada rato iba al pueblo a tomarse sus cervecitas, siempre dispuesto a invitar a unos tragos, ahí en el Chiringuito de Doña Ester se dio sus fiestas. Pero siempre amable, siempre con la mejor disposición. Si me pregunta a mí, eso fue clave. Porque había gente aquí que lo quería, sobre todo las señoras, que a la hora de los tragos son las más aguzadas. Ellas sabían cómo era, la disposición que traía, el respeto que mostraba aunque estuviera pasado de unas cuantas cubas.

Pero esa tarde en el galpón nadie estaba de fiesta, toda la gente atenta y muy seria, y ahí fue que Doña Ester se levantó para hablar a favor de su padrastro. Habló ella y luego se agregaron otras señoras, mujeres calladas pero de voz firme. Ellas me apoyaron a mí, lo apoyaron a su padrastro. Que se dejaran de babosadas, dijeron, que si se metía un matón a Monterrico se metían todos. Que cómo íbamos a cuidar a los niños; ya se veía en otras partes de la costa qué pasaba cuando entraban los matones. Los niños se jodían, la gente andaba entumecida, las decisiones se tomaban sin consulta al pueblo. Así estuvimos hablando, las señoras más que nadie, hasta que yo solito me fui callando. Ahí me quedé parado, al lado de Tono y de Ángelo y de Milton. Los cuatro bien quietos, sin tener que hablar ya, porque toda el habla la llevaban las mujeres.

Al día siguiente fuimos a buscar al chavito del altiplano, el que le cuidaba el *chalet* a Don Vinicio Gutiérrez. Nadie se estaba quedando en el *chalet*, solo el chavito estaba ahí, con su cara de sonso, la mirada acobardada. Hubiera visto cómo se puso cuando nos vio llegar. Casi pena me dio a mí. Temblaba el chavito, se le sacudía todo el cuerpo. Ni hablar podía, hasta que le dieron un par de cachetadas se le destrabó la lengua. Y ahí soltó la sopa. Nada que no supiéramos ya. Que lo habían amenazado, que lo hacía por su familia, que lo poco que le daban lo

93

mandaba de regreso al altiplano, allá estaban en apuros. Lo dijo todo el chavito, nos mostró el celular que le habían dejado para mantenerlos enterados. Que llegarían pronto los matones, decía, que él no había dicho nada; solo que el patrón venía a visitar, cosas que la gente ya sabía. Lo escuchamos hablar. Un buen rato habló, y después solo estupideces siguió diciendo, haciendo tiempo, no se le entendía nada. Lo que pasa es que ya podía oler lo que se venía encima.

Lo fuimos a tirar al mar esa misma tarde. Salimos en una lancha varios del pueblo, hasta Doña Ester se vino en esa lancha. El chavito venía amarrado y ya no decía más, se le habían acabado las palabras. Ni cuando lo levantaron de los codos dijo nada: en silencio lo botamos al mar, bien amarrado, y solito se fue hundiendo. Ni trató de zafarse: así como cayó se fue derechito al fondo. El celular lo tiramos ahí también, en el mismo lugar donde se había hundido el chavito.

Los matones llegaron a los dos días. A mí me llamaron mis conocidos para avisarme que habían cruzado el puente. Dejaron a un matón apostado ahí mismo, pero el resto siguió de largo en dos camionetas. Pasaron por el *chalet* de Don Vinicio Gutiérrez y pararon un rato, seguro buscando al chavito para informarse. Los que estaban por ese lado, echando el ojo, dicen que los vieron salir muy tranquilos de las camionetas, como si el terreno fuera el propio, y ya que no encontraban al chavito empezaron a encogerse. Sacaron las armas. Dos de ellos se fueron a la playa y ahí se quedaron un buen rato, yendo y viniendo hasta que al final dejaron de caminar, y entonces se pusieron a ver al mar. Como si supieran. De alguna forma empezaban a enterarse.

Cuando llegaron a mi ranchito los estábamos esperando. Eran siete más el jefe, y no venía el abogado. Ni modo que iba a estar ahí el abogado: el abogado solo estaba para el papeleo, y ahí los papeles no importaban nada. Yo estaba sentado en mi silla adentro del ranchito junto al resto de la gente, y afuera el Milton, Ángelo y Tono. Casi todos con rifle, y yo con mi veintidós.

Se bajaron de las dos camionetas con sus armas, serios ellos. Venían sin más razón que el plomo. Pero cuando se fueron acercando al ranchito se dieron cuenta que la cosa no estaba así de simple. Los escuché hablando con Tono, oí su vozarrón y las palabras agrias de uno de los matones. Y entonces salí, salimos yo y todos los demás.

No estaban preparados para tanta gente, para tantos con fusil. Ya con Milton y Ángelo y Tono se habían puesto atentos, pero cuando nos vieron salir al resto del ranchito se fueron achicando. Fusiles viejos eran, algunos ni tiraban recto, pero fusiles eran entre todo y todo.

Aquí no los queremos, les dije yo de un solo.

Se hizo silencio, un silencio duro.

Este terreno ya lo entregó el patrón, me respondió el jefe. Usaba lentes oscuros y hablaba raro, como si no le estuviera hablando a nadie, como si le hablara a todo más bien.

Se registra en el pueblo cuando hay cambio de dueño, le dije, y aquí no han avisado nada.

Seguía quieto el jefe, tranquilo parecía.

¿Y de quién creen que es este terreno?

De quien diga el patrón, respondí.

Los patrones cambian, dijo el jefe, pero usted se queda aquí.

Ubaldo ya les avisó, dijo entonces Tono tomando un paso al frente. Por este terrenito se va a regar mucha sangre. Y sangre nos sobra a nosotros, sangre hay para rato.

Algo dramático el Tono, Andrés, no le voy a mentir, pero yo mismo me sentí envalentonado, ahí mero cargué mi veintidós, una pistolita que parecía de juguete al lado de otras armas, pero el chasquido del seguro me dio confianza, con ese chasquido me sentí tranquilo, como si el chasquido marcara un antes y un después frente al ranchito.

El jefe volteó a ver a sus hombres y esperó un rato, aguantándola, pero lo cierto es que la jugada ya estaba cantada. Ganamos porque no valíamos la pena: así de fácil, Andrés, porque nuestra sangre no valía la de ellos. Miró a su alrededor y se dio vuelta para ver al mar, y así se quedó un rato. Luego empezó a caminar de regreso a la camioneta de la que se había bajado. Ya desde adentro se nos quedaron viendo, mientras arrancaban nos siguieron mirando y nosotros mirándolos a ellos, y de ahí agarraron a la carretera.

Lo que les tocó después lo supe solo de oídas: cuando iban de regreso pararon antes de cruzar el puente para buscar al matón que habían dejado apostado por ahí. Pero no lo encontraron. El matón ya no estaba, ya lo había levantado la gente que ahí vive, y mientras más lo buscaban más iban saliendo hombres de las casas, con sus armas también, apurándolos con la mirada. Al final decidieron seguir de largo, ni se pusieron a preguntar por el matón que habían dejado en el puente. Tiraron unos balazos al aire antes de cruzar y luego continuaron su camino, bien sabían que a su matón ya no había forma de encontrarlo. A ese lo enterraron por ahí mismo, en algún lugar del manglar cavaron el hoyo y metieron el cuerpo. Cuánto cuerpo habrá metido en ese manglar, vaya usted a saber.

Ubaldo bebe un sorbo de la cerveza y menea la lata en la mano. Es un crimen no vaciarla, dice, y se la termina de un trago. El aluminio tintinea vacío al tocar el suelo y Ubaldo agrega que ya es cosa del pasado, los matones ya saben que Monterrico no conviene. Monterrico, dice Ubaldo, les queda grande. Andrés le acerca otra cerveza y destapa una para él.

97

Se quedan bebiendo de sus latas por largo rato, los cuerpos quietos y ovillados entre cada hamaca. Ubaldo dice algunas cosas y Andrés dice otras pero poco se escucha entre el estallido de las olas, entre la efervescencia del agua que regresa sobre la playa. Desde el mar solo se pueden ver las dos siluetas oscuras enmarcadas por el ranchón, bultos negros que cuelgan del techo. Cruje la madera bajo el peso de las hamacas, y en la oscuridad de la noche alguien pregunta:

¿Otra cervecita?

TERRAZA

Subíamos la montaña en el *jeep* cuando Henrik me dijo que a las mujeres había que darles placer. El viento que entraba por la ventana le había despeinado el pelo blanco, pero su atuendo kaki seguía intacto. Hay que tratarlas con respeto, dijo, y hay que ser un caballero, pero a las mujeres hay que darles placer. Henrik llevaba tres años de relación con mi madre y nunca habíamos hablado de mujeres, y mucho menos de placer. Desde mi asiento de copiloto, abrí la botella de coca cola y le eché un poco más de ron, tratando de no derramar nada entre el traqueteo del camino de terracería. Sin placer se acaba la relación, me dijo Henrik, el placer es básico o se muere todo. Tomó el timón en una mano y acercó su botella a la mía. Salud.

Tambien habrá otras cosas, ¿no? Henrik me volteó a ver. Aparte del placer, le dije. Sonrió y las patas de gallo suavizaron su mirada. ¿Como qué? No sé, dije, ¿la lealtad? Henrik se rió, comprensivo. Si el resto de la relación va bien, eso fluye solo.

Lo que pasa es que las mujeres son leales, dijo Henrik. Tu mamá, por ejemplo, no hay persona más leal que ella. Me incliné al frente para ver hacia lo alto de la montaña, al lugar donde estaba el terreno de Henrik. Pero con tanta lealtad se va confiando uno, continuó Henrik, pasa el tiempo y ahí sigue uno, confiado en que nada va a cambiar. Las relaciones son como las plantas, dijo indicando hacia fuera, hay que alimentarlas. El camino curveaba hacia arriba y con el sol detrás de las montañas todavía se podían ver unas cuantas matas secas. A las plantas hay que darles agua, hay que darles cuidado. Hay gente que hasta les canta, dijo, y sacudió la cabeza riéndose, ¡gente que les canta!

Le pregunté si alguna vez había visto eso. ¿Qué? Gente que les cante a las plantas, dije. Henrik consideró su respuesta e imaginé, no sé por qué, a una señora mayor en la esquina de un cuarto, arrullando las hojas tristes de una maceta. La verdad es que no, dijo, nunca lo he visto. Pero lo hacen. Solo porque algo no se ve, no significa que no se haga. A eso iba, dijo, a que hay cosas que a veces no se notan, y esos son los detalles a cuidar en una relación.

Mi esposa, que en paz descanse, por ejemplo. Puso la doble tracción, el camino era empinado y las llantas empezaban a escupir tierra hacia los lados. Sabés que estuvo enferma mucho tiempo. Asentí. Doce años, dijo, doce años aguantó. Fue con ella que entendí lo importante que son los detalles. No hay atención como la que se le da a una persona enferma. El amor, me dijo, el verdadero amor, solo se mira en la enfermedad. Bebimos de nuestras botellas plásticas y en la próxima curva Henrik bajó la ventana por completo y lanzó la suya al barranco.

Suena complicado, le dije. Lo más duro fue después, dijo él, lo difícil es cuando ya estás solo. La noche se metió de golpe en la cabina y Henrik encendió las luces del *jeep*. Yo no me arrepiento de nada, dijo, pero siempre quedan cabos sueltos. Hay que ser de piedra para no pensar en eso.

Seguimos subiendo y fueron apareciendo los picos de las montañas más altas, siluetas negras recortadas contra el fondo opaco del cielo. Recordé entonces la cicatriz en el abdomen de Henrik, un corte pequeño y morado que intentó disimular en un viaje que hicimos a la playa. Henrik le había donado un riñón a su esposa y llevaba la marca con algún pudor. Tomé un buen trago de la botella y le dije que no cualquiera donaba un riñón, que un sacrificio así tenía que contar.

Eso no fue un sacrificio, dijo, donarle mi riñón a mi esposa fue la alegría más grande que pude haber tenido. Un animal –perro o coyote– atravesó el camino frente a nosotros y se perdió entre los matorrales. Henrik siguió hablando: Me puse feliz cuando supe que podía hacer ese trasplante. Hasta el sillón horrible donde dormía en el cuarto de hospital de mi esposa se me hizo grato durante esos días. Imaginate lo que es regalarle unos años de vida a la persona que más querés en el mundo. ¿Lo podés imaginar?

Me pregunté si esos años también serían descontados de su propia vida, de la vida que compartía con mi mamá. Llené mi botella con lo que quedaba del ron y la moví para mezclar el trago. Hacés bien, me dijo, hoy hay que celebrar, no todos los días se viaja a una terraza en la montaña. Henrik había ido construyendo la terraza en su terreno poco a poco, usando el escaso dinero que le quedaba luego de pagar unas deudas viejas. Había estado haciendo viajes de uno o dos días para subir tablones de madera, una bolsa de cemento, construyendo la terraza en cosa de semanas. Vas a ver qué linda está quedando, dijo. Levantó el mentón hacia lo alto de la montaña: Le faltan detalles, pero ya que esté lista nos traemos a tu mamá.

Faltaba poco para llegar cuando paró el carro a la orilla del camino, entre un paredón y el barranco que caía al lado contrario. Nos bajamos y fue al baúl para sacar la segunda botella de ron. Preparó tragos nuevos y ahí estuvimos un rato, tomando a la par del barranco. Ya eché tierra negra frente a la terraza, me dijo, para el jardín de tu mamá. Cómo le gustan sus plantitas, se va a dar gusto allá arriba. Henrik respiró profundo el aire del valle. Volvió a llenar nuestros tragos y cerró el baúl. Se quedó quieto un rato, pareció dudar. Ha costado esa terraza, dijo. Pero va a estar bien, seguro va a estar bien.

Se acercó a la orilla del barranco y empezó a orinar. Me metí al carro y pude oír que seguía, parecía interminable la orina de Henrik. Lo escuché reírse. Habían ganas, dijo desde ahí. Cuando entró al carro ya no se puso el cinturón. Le queda riñón para rato, le dije. Henrik me volteó a ver. Para rato es poco, dijo, este riñón nos sobrevive a todos. Se rió otra vez, se veía contento. Yo también lo estaba. Encendió el motor del *jeep* y seguimos subiendo la montaña.

102

HENRIK

*É*ste aquí es familia, decía Henrik con su mano sobre mi hombro, los dedos grandes y
pesados y aun así amables. La otra persona me
observaba a mí y lo observaba a él y luego insi-
nuaba una tímida sonrisa antes de darme la
mano y decir que era un verdadero gusto conocer a algún pariente de Henrik. Tiempo después,
cuando ya había más confianza entre nosotros,
Henrik le explicaba al desconocido correspon-
diente que él era en realidad mi padrastro, y
quizás agregaba más bajo, con su vozarrón vi-
kingo, que ser padrastro era casi igual a ser
padre, para luego añadir, cambiando de tono,
que no por padre o padrastro, pederasta, y con
esto se reía y nos reíamos, aunque su chiste
fuese extraño y hubiera causado algún descon-
cierto. Pero así era Henrik, sin grandes escrúpu-
los a la hora de hablar, no por una impudicia
particular, pues tenía un temperamento más
bien recatado, sino por la pura gana de reír y ver
reír, aunque esa risa se deslizara, por así decirlo,
entre las sombras de la incomodidad. Y es que
Henrik no le daba mayor importancia a las

palabras (que son flacas y flojitas, decía él), sino a esas extrañas e invisibles pulsaciones que irradian los cuerpos, a los gestos y el candor en que se cifra la amistad, como explicaba con un destello en sus ojos, sosteniendo alguno de los cigarros que convidaba cuando no estaba mi madre. Pero eso ya era después de los roncitos, claro, de los roncitos y la plática, cuando Henrik entonaba con su ambiente y se manejaba en el fluido territorio del trago.

Se conocieron de noche y frente al lago, mi madre y Henrik, un hecho intrascendente si no fuera porque el lago reflejaba, de alguna manera, el temple de ambos, una paz plana y uniforme que se extendía sobre la superficie sin mostrar mayores cambios. Él había perdido a su esposa ocho años antes y en su rostro quedaban las sutiles marcas del desvelo, los resabios de carreras al hospital, y también cierta proclividad a las lágrimas que sorprendió a mi madre en su primer encuentro.

Ambos descansaban en las mecedoras que una amiga en común había sacado al pequeño jardín frente a su casa. Ahí afuera, el rumor de la fiesta y el calor de la fiesta y los silencios de la fiesta les llegaban como mensajes de un mundo indescifrable. Mi madre también había perdido, de cierta forma, a su marido, y si visitaba a su amiga ese fin de semana era por el sonambulismo en que se había sumido desde la separación, y que permitía que una o dos conocidas la acogieran de esa manera, guiándola por los derroteros de lo que llamaban su convalecencia.

Imagino a mi madre emponchada, su pequeña cabeza despuntando entre los paños abulta-
dos alrededor de su cuerpo. Respira profundo y
observa el agua desde su mecedora. Henrik también mira al lago, enfocado en las luces de la otra
orilla, pero es difícil saber a ciencia cierta si en
realidad observa algo, porque bien podría estar
con la mirada perdida, atento a algo más, pues si
pierde la mirada es porque encuentra la memoria, como acostumbra decir tras distraerse.
Pasa el tiempo, y Henrik rompe en llanto. Llora
y sigue llorando y mi madre se queda en su silla,
protegida del frío por el poncho, esos ponchos
gruesos y rudos que su amiga consigue en los
pueblos a la orilla del lago. Henrik llora y mi
madre guarda silencio y ambos cuerpos se sacu-
den, pero en la oscuridad eso se ve poco y tampoco importa mucho.

Acababa de mudarme fuera de casa cuando
mi madre me llamó para invitarme a almorzar.
Quería que conociera a alguien, dijo, y la vaguedad de sus palabras me hizo pensar que algún
individuo cuestionable se había infiltrado en
nuestro círculo más íntimo. Nada sabía yo de
Henrik, ni de sus manos inmensas ni del latido
involuntario de su pómulo derecho, un pequeño
temblor que le hacía bajar la mirada y fingir
concentración en la comida. Algunas referencias
a su origen escandinavo, y ciertos datos sobre la
siembra y la cosecha del cardamomo, son lo poco
que recuerdo de esa conversación. Pero también
sé que aguantó bien el peso de la mesa, por así
decirlo, una mesa redonda y de madera que llevaba más de veinte años en la casa, con manchas

y cicatrices desconocidas para Henrik, escondidas bajo el mantel verde sobre el cual descansaba su mano, la palma abierta y sosteniendo los pequeños dedos de mi madre. Desconfié de su aire reservado, midiéndolo desde mi silla por algunos minutos, pero tuve que entregarme ante la candidez de su silencio.

Me llamó algunos días después para que tomáramos un trago. El Hotel Lux aún conservaba una oscura barra de madera, larga y bien lustrada, pero Henrik esperaba en las mesitas precarias del fondo. Me dio un apretón de manos y pude ver que se esforzaba por tensar los músculos del rostro. Empezó hablando con voz pausada y sin tema en concreto, mencionando entre otras cosas a su padre, el único pariente con quien aún tenía relación, si bien el contacto entre ambos era esporádico, incluso frágil. Pero padre solo hay uno, concluyó con cierta pesadumbre, soltando el aire con lentitud mientras descansaba sus manos sobre la mesa. Quería hablarme, dijo al fin, preguntarme qué pensaría si se mudaba con mi madre. Por corrección, dijo, por eso es necesario preguntarlo, agregó, y tuve que evitar su mirada y esconderme momentáneamente tras un sorbo del ron con cola. Mi respuesta fue insuficiente, quizás por eso cruel, y Henrik tuvo la decencia de brindar por la familia y por el futuro y seguimos bebiendo, ya sin mucho tema pero sin necesidad de tenerlo.

Poco sabía yo de Henrik o del sendero hacia la ruina en el que estaba encaminado. Su risa franca, y el rostro complacido tras los almuerzos de domingo, presagiaban un descenso calmo y prolongado hacia la vejez. La vida hogareña le estaba cayendo bien, me dijo una vez, justo antes de salir en un viaje de fin de semana que mi madre había organizado, sin duda para que Henrik y yo nos conociéramos mejor. En el camino Henrik siempre estuvo radiante, sosteniendo el timón con fuerza, las manos resueltas y listas para solucionar cualquier contratiempo. Mi madre lo observaba desde su asiento y sonreía, acercando su mano a la de él, como también sonreía después, cuando esperábamos la cena en un comedor al lado de la carretera y Henrik nos presentaba a algún desconocido, un mesero o comensal con el que había entablado plática, porque era un gusto estar compartiendo, sobre todo en este pueblo, decía Henrik, sobre todo con la familia, junto a esta bella dama que es mi mujer, en una noche así, no vamos a decir estrellada, pero sí de iluminación agradable, y cómo va a ser que no se sienta con nosotros a tomarse un traguito, una noche así no hay que desaprovecharla.

El precio del cardamomo se desplomó al año de ese primer almuerzo, y con ello empezó la tormenta de mierda, como se acostumbró a llamarla Henrik. Su padre, que tenía tierras en el altiplano y más de ochenta años, desapareció en uno de sus viajes a La Corregidora, la finca de cardamomo. Llamaron a Henrik a las tres de la mañana de un martes para avisarle que lo habían encontrado. Henrik le explicó a mi madre con teléfono aún en mano que a su padre lo acababan de bajar de la rama de una ceiba, donde había estado colgando por más de doce horas.

Fuimos juntos al entierro. Algunos socios de su padre ojearon apenas a Henrik, como si vieran en su tristeza la vergüenza del suicidio paterno. Sostuvo la mano de mi madre, sereno, mientras esperábamos la llegada del cura al cementerio. Supongo que ya entonces empezaba a tener otras preocupaciones, nuevas inquietudes, efecto de la carta encontrada al pie de la ceiba y de las frases extrañas y a veces incoherentes que su padre había escrito en ella.

Comencé a visitar la casa con más frecuencia. Henrik regresaba del trabajo antes que mi madre y nos sentábamos en dos sillitas de plástico que se mantenían en el jardín. Él preparaba los tragos, usando unas tenazas chapeadas para pescar los hielos de la cubetita roja que luego dejaba caer en los vasos. Los primeros fragmentos de esa carta empezaron a llegar por ahí, aunque pronto entendí que sus palabras pertenecían a una correspondencia que abarcaba mucho más que las seis cuartillas escritas a mano. El diálogo me excedía, lo sabíamos ambos, y Henrik me ahorró la incomodidad de tener que explicarse. Simplemente habló, mencionando detalles entre sorbos, o después de expulsar el humo del cigarro, mientras palpaba su pómulo con la punta de los dedos para asegurarse que todo siguiera en orden.

Se le habían levantado varios frentes, dijo. Habló de personajes difusos y a veces oscuros, contactos en la provincia, individuos que entraban y salían de su historia sin propósito concreto, y habló también de La Corregidora, embargada por el banco e invadida por los campesinos. Una estrategia de la muchachada un tanto vil, murmuró sentido. Había liquidado los activos de su padre. Su sueldo en la exportadora se diluía cada mes entre el caudal de deudas heredadas. Carlos, su amigo y socio en la empresa, había aceptado prestarle algún dinero, lo cual, naturalmente, había enfriado la amistad. Tenía que hacer pagos al banco, a los jornaleros, al socio, y el cansancio empezó a asomar en sus gestos, cierto desaliento que ahora transmitían sus manos, antes tan serenas.

Por iniciativa suya decidimos compartir nuestros tragos fuera de casa. Me llamaba después de las jornadas de trabajo para que nos reuniéramos en algún bar del centro. Su trabajo en la exportadora lo mantenía en la provincia, lo que le daba cierta libertad para atender la finca de su padre. Descubrí con preocupación que dilataba esas veladas, extendiendo el silencio que compartíamos hasta que ya no quedaba suficiente clientela para disimularlo. Mi madre estaría en casa esperando el regreso de Henrik, y ahí seguíamos nosotros, esperando el regreso de quién sabe qué.

Le gustaba mantener el vaso entre ambas manos, sobre la mesa, haciéndolo girar con esos dedos grandes y pesados y amables. Los señores tenían dinero, me dijo en una de esas ocasiones. Hay que tenerlo en cuenta, continuó, que tengan dinero, porque de eso no hay mucho ahora, pero estos señores sí que lo tienen. Habían llegado a La Corregidora a visitarlo, dijo, nomás entrando él, y era obvio que estaban bien informados porque él no avisaba cuándo iba a llegar a la finca. Ya le había pasado que la muchachada le cerraba el paso en la entrada, la entrada a la finca de su propio padre, suspiró, aunque él fuera ahí precisamente a hablar con ellos, aunque su interés fuera negociar algún acuerdo con la muchachada para empezar a salir de todo el despelote. En fin, dijo, me fueron a visitar los señores y fueron muy amables, muy correctos, unos caballeros en realidad, me trataron con mucho respeto. Don Henrik, dijeron, usted está desperdiciando esta tierra, ahorita mismo se está desangrando. Si no mire qué marchita está esa siembra, sus plantitas de cardamomo tan desganadas que andan, mejor déjenos echarle una mano, porque si no se lo va a llevar el río, Don Henrik, solo es cosa de mirar a la muchachada, o peor aun, mire al banco, que ahí no le van a hacer ningún favor. Pues ya sabe, Don Henrik, aquí estamos, con gusto le alivianamos la finca, ya sabe que estos problemas con el banco, con la muchachada, tienen cómo resolverse.

Yo veía a mi madre algunas tardes, cuando la visitaba en casa para tomar el café, pero entonces tratábamos de evitar el tema. Ella sabía que Henrik y yo nos reuníamos y veía esas veladas con una curiosidad distante pero benigna. Me lo topé a él una de esas veces, mientras esperaba en la sala a que mi madre se desocupara al teléfono. Me encontraba observando los cinco o seis muñecos que habían aparecido sobre el estante contra la pared —criaturas de aspecto inquietante—, cuando lo sentí acercarse. Después de unas cuantas palabras observamos los muñecos juntos, guardando silencio. Trolls, dijo

Henrik al fin, traen la buena suerte. Tenían narices como nabos y miradas opacas, quizás un poco maliciosas. Elevó su dedo con lentitud y dibujo un círculo alrededor de las figuras. Así se dice en Noruega, estos trolls resguardan el hogar. Iba a decir algo más, pero pareció arrepentirse. Al rato se despidió, sugiriendo una pronta reunión, antes de echarle un último vistazo a la hilera de muñequitos.

Qué bueno que estén compartiendo, dijo mi madre esa tarde, sobre todo ahora que Henrik camina con los hombros más caídos, como apachado contra el suelo. Ella estaba mucho más enterada que yo, conocedora de sus gestos y silencios, conocedora, también, de detalles de la carta que yo ignoraba. Así me había dicho Henrik, que en esa carta había cosas que no se podían explicar, cosas que no se podían decir, a no ser que fuera a mi madre, claro, porque a mi madre no había por qué esconderle nada.

Ella intuía el abismo que Henrik empezaba a bordear, la vergüenza que asomaba con cada ida al banco, cada retorno de la finca. Las cosas no mejoraban. Me contó, mientras tomábamos el café, que su socio le había puesto una demanda a Henrik por préstamo incumplido. Una demanda, dijo, es para enemigos. Henrik estaba golpeado, continuó. No entendía cómo le podían hacer esa jugada por un préstamo hecho en amistad. De tronco caído, dijo mi madre, y luego guardó silencio. Pero al menos, continuó, observando el fondo de la taza, en momentos como éste, los lobos dejan el disfraz.

Estamos aquí para celebrar, dijo Henrik cuando me vio. El bar del Hotel Lux estaba vacío a esa hora de la tarde, pero Henrik ya tenía una botella de ron sobre la mesa, algo inusual considerando que siempre bebía de trago en trago, pidiéndolos por separado, con un gesto hacia la barra para que el camarero se acercara y pudieran conversar un rato, pues Henrik no había perdido el gusto por la charla pasajera, aunque ésta se mantuviera dentro de los límites de la cordialidad. Pero ahora tenía la botella sobre la mesa, dos vasos y una cubetita metálica de hielo, el limón rodajeado que exprimió sobre mi trago para luego señalar la silla y pedirme que tomara asiento, porque esta noche había motivo para celebrar. El rostro le brillaba y su pómulo palpitaba fuerte, como si le hubiera dado rienda suelta al temblor. Hoy cambiaron las cosas, dijo mientras acercaba su vaso y brindábamos. Llegamos a un acuerdo con los señores, dijo, los señores aceptaron la propuesta, y ya solo es cosa de hacer la escritura, de juntarnos con el notario. Pero eso lo traen ellos, al notario. Usted solo encárguese de la escritura, Don Henrik, dijeron, así que yo solo tengo que traer la escritura, traer con qué firmar. Tomó un trago largo de su vaso. Firmar y claro, entregar la finca.

Bebimos hasta tarde esa noche. La locuacidad inicial de Henrik empezó a ceder con cada trago, las palabras desdibujándose entre el alcohol y el rumor de unos cuantos clientes en la barra. En algún momento llegó el silencio, tan confiable como siempre, tomando asiento en nuestra mesa con toda la tranquilidad del mundo. Al rato empezó Henrik a jugar con una rodajita de limón, levantándola para luego observarla de cerca, antes de ponerla sobre la mesa y triturarla entre el dedo y la madera. Así aniquiló medio limón. Alzó la última rodajita y la sostuvo contra la luz que llegaba de la barra.

De finqueros no tienen nada, dijo al fin. Los señores estos, de finqueros, solo el bigote si mucho. Insinuó una sonrisa, amarga como pocas, y acercó la rodajita a sus labios. Pero qué se le va a hacer, dijo, si el banco se queda corto y la muchachada se queda larga. Chupó el limón y se limpió la boca con el dorso de la mano antes de verme a los ojos. Entendés lo que te digo, ¿no? Decime, repitió alzando la voz, ¿entendés lo que te digo? Uno de los meseros volteó a ver en nuestra dirección. Quise responder, aunque en el fondo no quería entenderle del todo, y si algo entendía entre el ron y ese silencio era que yo no tenía respuestas. Siempre está la familia, murmuré después de un rato, consciente de la vaguedad de mis palabras, y me sentí sonrojar, el calor del trago mezclándose con otro calor que subía por mi cuello. Henrik me observó, casi con curiosidad, y luego asintió, acercando su vaso para chocarlo contra el mío. Cierto, dijo, siempre está la familia.

Salí a la calle cuando solo quedaban unas cuantas luces prendidas. Él se quedaría un rato, dijo, quería sudarla un poco más. Se acercó a la barra con pasos más firmes que los míos y se dejó caer sobre uno de los taburetes. Ya no había

113

más clientes, pero la lealtad de Henrik era recompensada en el Lux con el privilegio de tomar el último trago a su discreción. Nos despedimos con un apretón de manos y después de salir a la calle tuve que apoyarme contra una pared y aguantar el peso de mi cuerpo contra el concreto. Un letrero halógeno iluminaba la esquina contraria: partículas de polvo levitaban eléctricas entre la luz pálida. Caminé en esa dirección, y al bajar la mirada me asusté. Mis manos estaban blancas, transparentes, casi alienígenas en ese polvo fosforescente que se agitaba a mi alrededor. Las escondí entre mis bolsillos, apresurado, cerciorándome de que nadie hubiera visto lo que yo acababa de ver, y emprendí el camino a la pensión donde vivía.

114

El siguiente día amanecí mal y solo salí a la calle para comprar algo de comer. Pasé casi todo el fin de semana en cama, y al final del domingo ya sabía que no estaría hablándole a Henrik esa próxima semana, ni a él ni a mi madre, pues sería mejor darle su tiempo, darles a ellos su tiempo, y algo relacionado a esa certeza me hizo abrigarme mejor esos días, comer más completo, prepararme para cosas que creía intuir aunque no las conociera del todo. La llamada entró el lunes.

Te habla Henrik, dijo la voz. Tosió un poco y lo saludé. Tu mamá está algo indispuesta, dijo, un pequeño susto que se llevó, nada grave, pero ya sabés como son los sustos. Esperó un momento, como si aguardara una confirmación de mi parte, pero yo no sabía, en realidad, cómo eran los sustos de los que hablaba. Le pregunté. Me ignoró. Sabrás que no vendí la finca, dijo. No me parecía lo correcto, agregó, y luego repitió esas palabras, con una voz más pausada: lo correcto, no me parecía lo correcto. En fin, dijo, han surgido algunos contratiempos, y sería bueno que pasaras por la casa. Será mejor hablar en casa, repitió, mejor en casa que así.

Fue Henrik quien abrió la puerta. Alcanzó a echar una ojeada a mis espaldas antes de estrecharme la mano y hacerme pasar. Luego me llevó a la sala y ahí esperamos. Ahorita viene, fue lo único que dijo, y al rato mi madre salió del cuarto y se acercó para saludarme. Se sentó al lado de Henrik, en el sofá, y miró hacia el ventanal al otro lado de la sala. En el jardín, el viento empezaba a mover las hojas negras de las plantas. Mejor explicas tú, le dijo a Henrik. Tomó su mano y pareció que la suya desaparecía entre los grandes dedos amables. Desde mi mecedora, mi madre se veía frágil pero en paz.

Pues qué se va a decir, dijo Henrik, excepto que los señores se molestaron. Ya sabés que esa es gente delicada, agregó volteando hacia mi madre, eso no es nada nuevo. Te decía yo antes, continuó, ahora viéndome a mí, que fueron unos auténticos caballeros cuando me hablaron en la finca, muy finos todo el tiempo. Y por tanta fineza, ni modo, pues creen que en deuda está uno. Miré sobre el hombro de Henrik, hacia el estante donde los trolls aguardaban en fila. O así lo ven ellos, agregó, porque si no la llamada hubiera sido diferente.

Fueron muy groseros, dijo entonces mi madre. Su tono me extrañó, porque sonaba sentida,

115

como si una amiga cercana la hubiera injuriado. Henrik tomó su mano entre las suyas y empezó a acariciarla. La trataron muy mal, dijo él. Preguntaron por mí, y ella les preguntó quiénes eran. Les pregunté qué querían, terció mi madre. Acercó su cuerpo al de Henrik. De ahí me insultaron, un montón de palabras, y luego colgaron.

La segunda llamada fue distinta, continuó con voz más apagada. Había pasado un par de horas desde la primera y contesté pensando que era Henrik, porque venía camino del altiplano y había dicho que llamaría. Suena el teléfono y lo levanto y me empiezan a hablar directamente, sin preguntar nada. La voz me dice que primero, antes de cualquier cosa, debo dejar el miedo, porque si tengo mucho miedo, si empiezo a temblar y se me nubla la mente no voy a entender nada, y entonces sí tendría que tener miedo. Pero eso es solo en el peor de los casos. La voz me pide que escuche. Escucho. Dice que hay ciertos compromisos que no se pueden andar olvidando. Porque así prefieren interpretar lo que ha ocurrido, dice la voz, como un simple olvido, y ni quisieran imaginarse que el compromiso se ha roto, porque un compromiso es, antes que nada, una cuestión de honor, un pacto entre caballeros, un entendimiento, y en qué quedamos si ni entendernos podemos. Miedo, dice la voz. En eso quedamos. Porque hemos sido muy generosos y eso lo sabe Henrik, agrega la voz, Henrik conoce la generosidad de la que disponemos, y renegar de esa generosidad, renegar de ese compromiso, resultaría en una cosa. Todos sabemos cuál es esa cosa.

Eso fue hace dos días, dice ahora Henrik. Hace dos días recibimos esas dos llamadas, pero lo importante es mantener la calma. Tu mamá sabe que yo siempre cargo una veintidós en el carro. Esa la tenemos en la casa ahora. Hay que mantener la calma, dice, y hay que protegerse: solo en caso de emergencia se usará la veintidós. Ante todo hay que cuidar de la casa y por eso estoy aquí, mejor quedarme en la ciudad, no salir estas jornadas, porque no voy a permitir que tu mamá se quede sola.

Y bueno, continúa Henrik, hoy que salgo a la puerta de la casa me cuenta el vecino que un hombre andaba por aquí, un hombre se paró del otro lado de la calle y ahí se mantuvo, fumando, recostado contra una reja, y así siguió un buen rato, según el vecino, fumando y viendo hacia la casa. Tenía una manía muy particular, me contó el vecino, una forma de fumar que al principio le causó extrañeza y luego indignación, porque solo le daba un jalón a cada cigarro, el tipo encendía el cigarro y daba un jalón antes de tirarlo a la banqueta con un movimiento fugaz, como desentendiéndose del cigarro usado, dijo el vecino, y así se iba de cigarro en cigarro, dándose su tiempo entre uno y otro, pero ateniéndose a su método, observando la casa, fumando una calada por cigarro, hasta que se fue.

Henrik se levanta del sofá y enciende un cigarro. Ahorita vuelvo, dice yendo a la cocina. Regresa con los vasos y el hielo. Los pone sobre la mesita frente al sofá y luego levanta la botella, acercándola al labio de cada vaso para dejar caer un chorro generoso de ron ámbar, y así se va dándole la vuelta a la mesa, un vaso para mi madre, otro para mí, un tercero para él, hasta sentarse nuevamente, con cigarro en mano y el ron en la otra, y entonces dice algo sobre la vida y los giros de la vida y sobre todo las volteretas que da la vida, las volteretas donde todo se va a la mierda, dice, y así se está muy quieto, con el humo del cigarro subiendo sedoso entre sus dedos.

Se levantan al terminar el trago. Hay que descansar, dice mi madre, descansar y hablar de opciones, agrega viéndolo. Caminan juntos hacia el cuarto. Van de la mano, avanzando con pasos pequeños, pero hay algo en su forma de desplazarse, un equilibrio compartido, que concilia la figura pequeña de mi madre con la presencia abarcadora de Henrik. Antes de atravesar el umbral mi madre se voltea y me dice que ya es tarde, que es peligroso andar en las calles, y que sería mejor si me quedo en casa. Les doy las buenas noches antes de servirme otro trago, y luego me paso al sofá. El ardor del ron, y el cojín esponjoso a mi espalda, me causan una grata sensación de bienestar. Debo estar en mi tercer trago cuando caigo dormido.

Un tejido grueso y como de costal me envuelve el cuerpo y la cabeza, y despierto aterrado, con una sensación de asfixia. Es Henrik quien me cubre, entiendo, con uno de los ponchos del lago. Mantengo los ojos cerrados, preso entre el sudor y el sobresalto. Siento su respiración a ron mientras extiende la manta sobre mí, cubriéndome los pies. Cruje algo de madera y entreabro un segundo los ojos para ver que

Henrik se ha sentado en la mecedora con un trago en mano.

Cuando despierto otra vez hay frío y lo primero que veo es el poncho en el suelo. Intento arroparme, jalándolo hacia el sofá, y descubro a Henrik parado al otro lado de la sala. Está inclinado sobre un lado de su cuerpo, el rostro contra el vidrio del ventanal que da al jardín, y sostiene la cortina ligeramente abierta con la punta de los dedos. Me echa un vistazo y se lleva el índice a los labios. Lleva puesta una bata blanca y los calcetines claros le cubren los pies hasta los tobillos. Acerca la cabeza otra vez al vidrio, y me toma un segundo entender que el objeto en su otra mano es la veintidós.

El foco está encendido y una tenue luz se diluye entre el verdor de las plantas del jardín. Al fondo, las siluetas oscuras de las matas se mecen con la brisa. Henrik empieza a alejarse del ventanal, sin dejar de ver hacia fuera, la espalda contra la pared mientras le da la vuelta a la sala. Sus pasos son inciertos, tambaleantes, y tiene que sostenerse contra el estante, manoteando de paso a los trolls. Uno de ellos cae al suelo y escucho que Henrik resopla mientras se hinca y gatea, en busca del muñeco, hasta levantarse al poco tiempo y regresarlo a su lugar.

Al fin llega a la puerta que da al jardín y la abre con la izquierda. Espera un momento antes de tomar un paso indeciso hacia fuera. Su bata blanca se ilumina entonces en la oscuridad. Toma otro paso hacia delante. Me levanto sobre el sofá y veo la pistola en su mano, asida fuerte contra la cadera. Se mantiene quieto, con la

119

cabeza inclinada hacia el frente. Examina las matas del fondo del jardín. No debe distinguir mucho porque se queda así varios segundos, con el arma quieta, intentando mantener el equilibrio. Siento que hay alguien más en la sala y cuando volteo a ver mi madre está ahí, pálida y envuelta en una cobija. Calma, dice ella. Henrik eleva la pistola hacia las plantas, la mano titubeante, y empiezo a levantarme yo también. Calma, repite mi madre. Pone su mano sobre mi hombro, me hace aguardar. Esperá aquí, me dice, esperá aquí. Se sienta a mi lado y ambos nos quedamos quietos. Henrik mueve su cabeza de un lado a otro, y escuchamos un murmullo que viene desde afuera. Es Henrik, sin duda alguna, pero sus palabras, los sonidos que quizás son palabras, provienen de un lugar muy distinto. Guardamos silencio, mi madre y yo, observando la ventana, observando el cuerpo estremeciéndose. Henrik voltea hacia nosotros, mirando hacia adentro, las lágrimas bajando por su rostro, hasta elevar el arma, su mano apuntando al cielo. Entonces empiezan los balazos.

Epílogo
Familias, territorios devastados y personajes en resistencia: sobre *Trucha panza arriba*

*E*l primer cuento que leí de Rodrigo Fuentes, publicado en una antología de narrativa guatemalteca joven, fue la *La Isla de Ubaldo* (quinta pieza incluida en este volumen). Desde las primeras líneas se advertía la solícita voluntad de su autor, no solo de ofrecernos un argumento diseñado con minucia y sobriedad, sino de sumergirnos en un mundo "precario, (…) un poco a la deriva", regido por unos hombres armados que son siluetas violentas, apenas intuidas y colmadas de poder; abogados corruptos y henchidos por la costumbre de llevar siempre, en la punta de los labios, la última palabra; y una voluptuosa secretaria de moral sobornable y ojos muy abiertos. Ellos son el poder, un poder que ha comenzado a expandirse. Los protagonistas del cuento, Ubaldo a la cabeza, le plantan cara a tal poder y ganan. Ganan hoy. Pero al terminar el cuento no sabemos si hallarán las fuerzas para ganar mañana.

El segundo cuento fue *Amir* (*Henrik* en esta edición), que ganó en Nicaragua el premio *Carátula*, auspiciado por el gran Sergio Ramír~

(incluido en *Amir y otras historias*, libro publicado en francés por la editorial marsellesa L'atinoir). Bastaba una primera lectura para establecer que entre *Amir* (*Henrik*) y *La Isla de Ubaldo* brillaban muchos elementos comunes (el afán de relojería narrativa, por ejemplo). Y juntos, puestos un cuento al lado del otro, era posible entrever que detrás de ellos, además, había un cerebro con obsesiones, con temas recurrentes. Henrik y Ubaldo son personajes enfrentados a un poder tan omnipresente como fantasmagórico, el del hampa (relacionado, suponemos, con el tráfico de drogas), que se materializa en matones cuyo objetivo es desterrarlos, expulsarlos del sitio al que pertenecen: en el caso de Henrik, la vieja finca de cardamomo que heredó de su padre, en el caso de Ubaldo, un chalet frente al mar para cuyo dueño ha trabajado toda la vida. Y aunque ambos saben que tal poder es muy superior a ellos, de cualquier modo resisten: se aferran, digamos, a la ética de la resistencia. Resisten primero (porque este poder es cauteloso y no muestra de entrada todos sus dientes) a esas amables ofertas que "no podrán rechazar" y cuando lo hacen, cuando rechazan la oferta, resisten entonces con toda la violencia de la que puedan disponer y que, comparada con la de sus enemigos, es siempre muy poca. Qué valientes son Henrik y Ubaldo enfrentándose a esa milicia de carniceros, cada uno en su respectivo relato, con risibles pistolas calibre 22. En el mundo de Henrik y de Ubaldo se han desdibujado los horizontes éticos y parece que la ley es solo una: la de los negocios que florecen en la delgadísima, casi invisible, línea divisoria entre la legalidad y el crimen. Otro personaje, Juancho, en *Trucha panza arriba*, el relato que le da título y abre la presente colección, también es perseguido por esas fuerzas que no nos atrevemos a imaginar del todo, que preferimos intuirlas borrosas, como sombras, antes que ver de frente, con nitidez, todo ese horror que son capaces de prodigar. Allí están los personajes de Rodrigo, como truchas nadando en círculos desesperados, pero sobre todo inútiles, deseando acaso no ser la próxima que habrá de enfrentarse al destino de ser devorada por sus caníbales congéneres.

Si nos atenemos a la vieja distinción entre el cuento y la novela establecida por Philip K. Dick (el cuento se ocupa del crimen; la novela, del criminal) podríamos afirmar que en el cuento, por encima del lenguaje, el tono, la estructura e incluso de los mismos personajes, lo que importa primordialmente es el argumento; que los personajes están, de facto y por principio, subordinados a este. Es decir, no son otra cosa que los engranajes (más o menos aceitados, dependiendo de la maestría de su autor) que permiten que el argumento avance. Y en la memoria de los lectores de un cuento es el argumento, y no los personajes (sus rasgos, sus profundidades), lo que habrá de sobrevivir. En los cuentos de Rodrigo Fuentes, sin embargo, parece haber un afán deliberado por llevarle la contraria a Dick y construir cuentos cuyos personajes son tanto o más memorables que el propio argumento que los convoca, personajes que trascienden no sólo por lo que les ocurre, sino por lo que son. Tales intenciones quedan incluso establecidas en el inicio mismo de esos cuentos, es decir, en sus títulos: *La Isla de Ubaldo, Güisqui, Henrik, De repente, Perla* (relato desconcertante en donde se combinan personajes chejovianos con un argumento faulkneriano, incluida la respectiva violación que inevitablemente recuerda a la perpetrada, en *Santuario*, por Popeye en el cuerpo virgen de Temple Drake). Los personajes de Rodrigo Fuentes no se olvidan porque, a pesar de las pocas páginas de que disponemos, nos ha sido dada la posibilidad de conocerlos, de advertir sus muecas, sus pequeños temperamentos, el tamaño de su memoria. Todo gracias a una fijación, tan estilística como vital, por el detalle, por los silencios, por los modos de pronunciar ciertas palabras o la manera en que alguien lee de madrugada mensajes eróticos en la estrecha pantalla de su celular.

Otro rasgo sobresaliente en esta colección de relatos, son los sitios donde ocurren. La ciudad, el ámbito de lo "urbano", había monopolizado el interés literario de una importante mayoría de los narradores guatemaltecos de la última generación (los nacidos después de 1970), en abierto antagonismo con un siglo XX poblado por cuentos y novelas cuyos argumentos, naturalistas o fantásticos, transcurrían en la provincia, en pueblos, en fincas, o de plano en la selva. Y Rodrigo Fuentes en *Trucha panza arriba* ha decidido volver allí, donde los caminos dejan de ser de asfalto para convertirse de tierra. ¿Y qué encuentra el narrador en esas grandes extensiones de terreno cubiertas de caña de azúcar, en una truchera encumbrada donde sus personajes buscan a tientas, con torpeza, un poco de calor, en el fondo prehispánico del lago de Atitlán en donde otro personaje se sumerge para proveer de sentido a su vida? No encuentra lo que encontró Miguel Ángel Asturias, o Mario Monteforte Toledo, o Mario Payeras, es decir, el hálito mítico, fundacional, el principio de toda genealogía, la posibilidad de la magia y el prodigio, el mundo que nace y ofrece a la imaginación, en su exuberancia salvaje, toda suerte de posibilidades. No encuentra nada de eso. Ese mundo ha sido desplazado. Lo que encuentra el narrador es un territorio en disputa, a pesar de su devastación. Se lo disputan viejos terratenientes cuyos códigos han perdido todo significado, campesinos sin tierra, sobrevivientes de las masacres de la contrainsurgencia, banqueros buitres, narcotraficantes y ángeles henchidos de cocaína que reclaman su acceso de vuelta al cielo.

125

Trucha panza arriba posee, además, un engrudo vital que mantiene el edificio narrativo erguido y que hace que la colección sea más que la suma de sus siete relatos. Me refiero al recurrente tema de la familia, a los afectos familiares como la tierra donde florecen, a un tiempo, los más horrendos vicios y las virtudes más nobles. Toda la crueldad. Toda la ternura.

Arnoldo Gálvez Suárez
Enero de 2016

ÍNDICE

TRUCHA PANZA ARRIBA
se terminó de imprimir en noviembre de 2016
en los talleres de TINTA Y PAPEL, S.A.
8a. Calle 0-58, Zona 11
Guatemala, C.A.